K INK INK INK INK INK IN
INK INK INK INK INK INK
K INK INK INK INK INK IN
INK INK INK INK INK INK
K INK INK INK INK INK IN
INK INK INK INK INK INK
K INK INK INK INK INK IN
INK INK INK INK INK INK
K INK INK INK INK INK IN
INK INK INK INK INK INK
K INK INK INK INK INK IN
INK INK INK INK INK INK
K INK INK INK INK INK IN
INK INK INK INK INK INK
K INK INK INK INK INK IN
INK INK INK INK INK INK
K INK INK INK INK INK IN
INK INK INK INK INK INK
K INK INK INK INK INK IN
INK INK INK INK INK INK
K INK INK INK INK INK IN
INK INK INK INK INK INK
K INK INK INK INK INK IN

INK INK INK INK INK INK
INK INK INK INK INK
INK INK INK INK INK INK
INK INK INK INK INK
INK INK INK INK INK INK
INK INK INK INK INK
INK INK INK INK INK INK
INK INK INK INK INK
INK INK INK INK INK INK
INK INK INK INK INK
INK INK INK INK INK INK
INK INK INK INK INK
INK INK INK INK INK INK
INK INK INK INK INK
INK INK INK INK INK INK
INK INK INK INK INK
INK INK INK INK INK INK
INK INK INK INK INK
INK INK INK INK INK INK
INK INK INK INK INK
INK INK INK INK INK INK
INK INK INK INK INK
INK INK INK INK INK INK

# 張之洞

## 舊朝新聲

# 前言

相信大部分的中國人，一聽到「滿清末年」這四個字，必然是滿心的無奈與憤慨，恨不得大筆一揮，揮掉這段令全中國人感到恥辱的日子。祇是任憑我們有一千個一萬個不願意，已成的史實不但不會做絲毫的改變，且將世世代代永遠不變地流傳下去。

我們不能改變過去的歷史，生存在當時的人，是否曾有人努力想要改變那一切呢？答案是肯定的，從清末各式自強、維新的思想與運動中，就知道有許多人也曾努力想要改變當時的一切，祇是他們大都沒有成功。最後國父孫中山先生領導國民革命成功，清帝退位，爲滿清王朝兩百六十八年的歷史畫下了句點。

張之洞是清末許多改革者中，較有成就的一位。從同治二年進士及第，進入翰林院，到宣統元年，以軍機大臣的高位去世，四十餘年歷經清朝同治、光緒、宣統最後三位皇帝。雖然他一生努力在求清祚的長久及中國的富強，但當他死前眼見滿目瘡痍的中國，與不圖振奮的滿清親貴，痛心地預言清祚將不會長久。這等於是宣布自己一生的努力終告失敗。

促使他失敗的原因很多，大致可分兩方面來說，從整體而論，清末中國已經腐朽不堪，不是哪一個臣民所能扭轉；從個別而言，張之洞本身的能力、才識與地位，也不足以挽這將死的王朝。最後他只好無奈地鞠躬盡瘁，死而後已了。

張之洞雖一生致力於改革，但因他個人能力、知識及性格上的缺失，使有些改革建設漏洞百出，甚至遺禍甚多。再加上他對自己仕途前程小心經營，以及對清帝、慈禧幾近討好的愚忠，常引起許多人的非議，尤其是以康有爲、梁啓超爲首的維新派人士，更將他批評得百無是處。本書希望能以簡單平實來敘述張之洞的一生。祇是有時也不免會爲這位自喻爲「老猿」的清末「賢督撫」辯護兩句。

歷史是延續的，張之洞已努力寫完屬於他的那段歷史。其中他個人的是、非、功、過對我們來說，似乎並不十分重要。重要的是，我們能否借取前人的教訓，開創出屬於我們自己這一代的歷史，別讓後世中國子孫，再以我們爲恥。

多少君臣將相，在太平與戰亂、興盛與衰亡中創造歷史，留下不朽的功業和萬世的罵名。他們毀譽參半，褒貶不一，是可敬可愛、也是可憎可厭的爭議人物。

舊朝新聲

# 張之洞

## 目錄

【上 篇】

# 張之洞傳

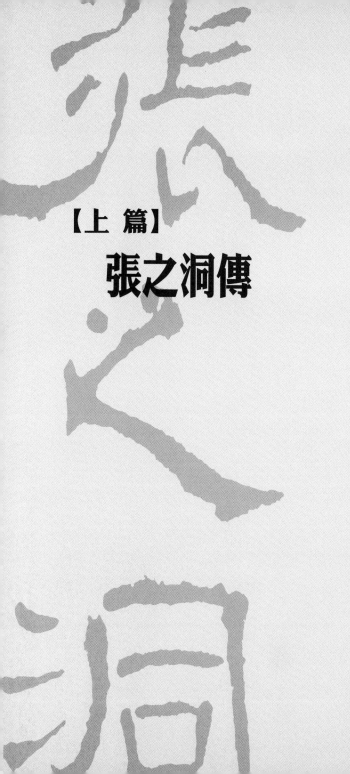

# 一、家族背景

## 家世出身

清道光年間，貴州興義府知府張鍈，平素非常注重孩子的教育，一日他閒來無事，和幾位知己好友在家中飲酒論文，這時府中的教師敖先生（名國琦，字慕韓，道光二十七年進士）一時興起，作了一首古詩吟唱起來，張知府聽了十分稱許，心想自家的老四近來詩文大有進步，不如乘此機會考考他，於是轉頭對一旁嬉戲的孩子說：

「洞兒，你來試著應和一首如何？」

沒想到十一歲的洞兒提起筆來，毫不猶豫就和了一首，衆人看了無不點頭稱奇。張知府更是滿心歡喜，立刻親自倒了杯酒賞他喝下，並獎賞一塊硯台，要他繼續努力用功。心想這孩子日後必大有可爲。

果不出張知府所料，那孩子長大後，便是以提倡「中學爲體，西學爲用」而名傳後世的清末名臣張之洞。祇可惜張之洞晚年將早期的詩文全部焚毀，在此無法一睹他十一歲所寫古詩的內容。

張之洞字孝達號香濤，河北省南皮縣人，生於清道光十七年（一八三七年）八月初三，號無競居士，又號壺公抱冰。祖先原居住在山西省洪桐縣，後來才遷徙到天津附近的南皮縣（據史學家黎東方教授所言，中國山西、陝西一帶人民生活困苦，所以多往外遷徙。而洪桐因地處出口要津，許多人都先遷至洪桐稍作停留，停留時間長短不一，有的數日，有的數年，有的數代，有的就在洪桐落戶生根，所以從晉陝一帶遷出的人，祖籍大都是山西洪桐）。

張家可說是典型的書香門第，歷代祖先多以苦讀、考試、做官爲人生三部曲，雖然官位都不顯赫，卻都能留下很好的政績與名聲。傳到張之洞的祖父張廷琛時，仍是如此。

清乾隆年間張廷琛曾在福建爲官，當時的福建將軍魁綸大興牢獄，福建各級地方官員多被收押，後經張廷琛極力奔走，許多人因此獲救。知道這件事的人都說廷琛公積了這許多陰德，將來必會澤被張氏子孫，可是這句話並未立刻應驗。

因爲當張之洞的父親張鍈四歲時，祖父張廷琛去世，張鍈自幼孤貧，但他仍能克服萬難努力向學，並得到許多人的賞識及幫助。這也使得張鍈、張之洞父子日後，不遺餘力的幫助鄉里、親友中貧困的子弟接受教育，作爲回報。張鍈雖然博學又努力，但考運卻不太好，嘉慶十八年（一八一三年）中舉人後，連考六次會考都名落孫山。後來還是經由大挑（清朝每次會考之後，揀選落第的舉人，以知縣、教職錄用），做了貴州省安化縣的知縣，從此張鍈便在貴州爲官，後來調升爲貴州興義府知府。

張之洞便是在貴州興義府出生，從出生到二十歲父親去世，張之洞絕大部分時間都跟隨著父親在貴州度過。

貴州省是我國西南邊區省分，屬高原地形，除少數城鎭爲漢人聚居外，居民大都是苗、夷等少數民族。從形容貴州「地無三里平，天無三日晴，人無三兩銀」這句俗語中，可知自古以來當地地理環境惡劣、人民窮困與交通不便。近年來因礦產的開發，才逐漸擺脫窮困與落後。

興義府位在貴州西南與雲南省接壤處，秦漢以前自稱爲夜郎國，後來收歸中國版圖，唐朝時也曾一度自立爲南詔國。宋、元時劃歸雲南省。明、清以後才正式劃歸貴州省，稱爲南籠，清雍正五年（一七二七年）設置興義府，管轄興義、普安、安南等三縣。

## 兄弟、兒子

「一人得道，九族升天」是中國傳統社會官僚制度的寫照，也就是說一個人的成功就等於一個家族的茁壯。李鴻章就是中國近代史中最明顯的例子。當李鴻章集權勢財富於一身時，他的四周不知包圍了多少兒、姪、甥、婿等各種各類的親戚，吃肉的吃肉，喝湯的喝湯，都來分享這一大鍋羹，也都來盡一分力，這使李家權勢像雪球一樣愈滾愈大。

可是繼李鴻章而起的張之洞情況卻完全不同，這除了兩人個性操守不同外，兩家實際情況的不同，也是重要原因之一。

張之洞四歲喪母，二十歲喪父，兄弟雖有六人，但都早死，且少有子嗣。而他自己雖也生了六個兒子，可是只有長子仁權延續家風，踏著苦讀、考試、做官的人生旅程向前行，但考運卻和祖父一樣不佳，光緒二十四年三十八歲，才中會試第一百八十六名貢士，並賜同進士出身。次子仁頲新婚不久便落水而死，三子仁侃，四子仁貴，五子仁樂，六子仁蠡，都是晚年所生，在他死時，除了仁侃二十四歲外，其餘都未成年。

## 父親

雖然張之洞二十歲時，父親張鍈便積勞成疾病死貴州，但在他一生中，影響他最深最遠的仍是他的父親。

張鍈字又甫，又字春潭，清乾隆五十八年（一七九三年）生，據張之洞的二哥張之清所寫的〈贈公行狀〉中形容張鍈是：

> 生得體形高大，方面廣額，聲若洪鐘，時時神采飛揚，有俠義性格。

這和《孽海花》中說張之洞相去甚遠：

> 三寸丁的矮子，猢猻臉兒，烏油油一嘴鬍子根，滿頭一寸來長的短髮，身上卻穿著一身簇新的紗袍褂，怪模怪樣。

在《清史稿．張之洞傳》中也說「之洞身短巨髯」，可見張鍈並未把高大的體形遺傳給張之洞。

張鍈除精通經史詩文外，又旁通術數，善於騎射，在當時可說是文武全才，雖因考運不佳，經大挑才擔任貴州安化知縣，但後調升為興義知府。太平天國興兵之後，由於驍勇善戰，運籌帷幄，在內亂頻頻的咸豐年間，立下了不少戰功。

道光三十年（一八五〇年），張之洞十四歲，太平天國洪秀全在廣西金田村起事，不久便向貴州邊界進攻，張鍈招募地方民兵英勇對抗，在南盤谷一舉擊退太平軍。從此張鍈便帶著張之洞兄弟各地轉戰。

咸豐三年（一八五三年），張鍈上萬言書給當時的雲貴總督吳文鎔，暢談團練方略，深獲讚賞，不久便授命攝理（兼代）貴西道道員。祇可惜後因意見不同而生恩怨。

咸豐四年（一八五四年），貴州遵義有白蓮教的同黨楊鳳作亂，連連攻陷數縣後，直逼興義府，這時張鍈一面要家人準備木柴，以備萬一不幸城被攻破便自焚而死；一面率全城軍民一心抗匪。十二天便將境內教匪完全平定。

次年（一八五五年），楊鳳又興兵來犯，張鍈率民兵三千全面追擊，在花江大破楊鳳。這時正有苗匪在貴州境內造反，張鍈請求以這支民兵繼續討伐苗匪，可是當時貴州巡撫不表同意。不久苗匪愈鬧愈兇，攻陷巖門廳，這時巡撫十分後悔，便命張鍈攝理貴東道，再次出兵攻打苗匪，祇是這時張鍈已經生病，勉強抱病帶兵擊退苗匪。

到了咸豐六年（一八五六年），張鍈雖身體不適，但仍屢次建功，想繼續前進直搗匪窟。可是當時雲貴總督吳文鎔因個人恩怨，對張鍈部隊百般刁難，軍餉常常不能準時發放，阻礙了軍隊的進度，張鍈祇好典當自己的衣服，來添購糧食，軍士爲此都感動落淚。不久糧餉發下，便率兵繼續前進，陸續攻下茶山、湘子峒、甕朗等匪窟。

不幸由於貴州內地多潮濕，又有瘴癘之氣，加上行軍之中旅途憂勞，使原本有病的張鍈，病情更加嚴重，終於在咸豐六年七月二十四日一病不起，享年六十四歲，而張之洞當時年方二十。

所以從太平天國起事之後，到父親病逝，也就是張之洞十四歲到二十歲之間，大部分是跟著父親在軍旅中度過，耳濡目染得到許多作戰的經驗，尤其自己又喜好研究各種軍事書籍，對日後他在處理軍事作戰上有很大的幫助。

張鍈對張之洞在軍事上的影響，祇可說是時勢所趨，而他對兒子教育最重視的地方，還是和當時一般士大夫一樣，在於讀書科考。尤其因爲自己在科場上不得志，深感遺憾，所以對兒子的期望就更加殷切。他常對兒子說：

> 你們應當努力學問，建樹功名，千萬不要像老農夫一樣無所作為，那是我深感厭惡的。

除了耳提面命外，張鍈還盡可能的爲兒子們添購圖書，聘請最好的老師。當時書籍印刷並不普及，貴州又地處偏遠，交通不便，所以常常一書難求。張鍈竭盡所能，買了幾十櫥的書，其中還包括了史學書、朱子書，以及當代的說經書，放在兒子們的書房中，讓他們在課餘的時候，隨意閱覽。有人笑張鍈說：

> 你的兒子年紀都還小，哪能瞭解這些書中含義。

張鍈回答說：

> 他們現在不瞭解沒關係，祇要他們能常常翻閱，養成讀書習慣，將來長大，經驗及知識增加後，自然就能懂得其中深意。

張鍈除了添購圖書外，還爲兒子們請了當時當地最好的老師。所以張之洞前後一共跟隨了十三位老師讀書，這些老師中有生員、有舉人，也有進士，都是乾隆、嘉慶年間的科場老手。這對日後張之洞讀書考試都有極大的幫助。

## 母親妻子

張鍈雖然極力給兒子最好的教育，但卻無法給他們完整的家庭，他前後明媒正娶了三位夫人：劉夫人、蔣夫人、朱夫人，但都不幸早逝。張之洞的生母爲朱夫人，道光二十年（一八四〇年）朱夫人去世時，張之洞才四歲，所以在張之洞年譜上僅簡略記載：

> 朱夫人為嘉慶十九年（一八一四年）進士、四川和州知州朱紹恩的女兒，善於彈琴，死後遺留下兩把琴。張之洞長大後每當看到這兩把琴，都情不自禁的流下眼淚。

張鍈在連連喪偶的哀痛下，當朱夫人死後，決定不再娶妻，命側室魏氏將張之洞撫養長大。日後張之洞事業有成任朝中大員時，魏氏也分享榮耀，被清廷封爲夫人。

張之洞在妻室方面，也有著和父親相同的不幸。他前後也娶了三位夫人，但都天不假年，無法伴他走過較長的人生旅途。同治四年（一八六五年），與他結髮十一年的石夫人與世長辭，他寫悼亡詩十首哀悼，以下爲其中一首：

下澤乘車素非志，遠遊歲歲著征衣。
霜筠雪竹鍾山老，灑涕空吟一日歸。
玉筋雙垂便溘然，人言佛果定生天。
如何明達通儒理，不信西方淨土禪。

同治十一年（一八七二年），新婚才兩年的唐夫人也與他永別。

光緒二年（一八七六年），他再娶了情投意合的王夫人，兩人本有辭官退隱之意，祇是三年後張之洞並未辭官，王夫人卻已病逝，張之洞哀痛之餘寫下三首詠嘆詩：

重我風期諒我剛，即論私我亦堂堂。

高車蜀使歸來日，尚藉王家斗麵香。

（並附注：余還都後窘甚，生日蕭然無辦，夫人典一衣為置酒。）

妄言處處觸危機，侍從憂時自計非。

解識篝鐙悲憤意，終羞攬袂道牛衣。

門第崔盧又盛年，饁耕負戴總歡然。

天生此子宜棲隱，偏奪高柔室內賢。

從此不再娶妻。從這些詩中可看出張之洞夫妻情意深濃，然而一般坊里卻傳言張之洞剋妻，甚至繪聲繪影，說成打老婆，如清末小說《孽海花》中所說：

你（張之洞）沒良心，從前一腳踢死了太太。

衡情而論，應是無稽之談。

如果說「每一位成功的男人，身後都有一位成功的女人」，那張之洞身後的女人，不論是母親或是妻子，能陪伴他的時間都太短暫了。

## 老師

張之洞在父親的栽培及督促下，從小就努力用功，表現突出。五歲（道光二十一年，一八四一年）入學，跟隨啓蒙老師何養源讀書。他和當時一般孩子不同，除了背誦外，還要問懂每一個字的字義。

九歲就已經讀完四書五經。

十歲開始學習作詩。

十二歲已將所寫的詩聚成一冊，取名爲《香閣十二齡草》。

總計他十三歲以前的老師除何養源外，還有曾搢之（名敍笏，拔貢生）、張蔚齋（名國華，附貢生）、貴西垣（名貴乙，附生）、黃升三（名政鈞，舉人）、王可貞（名含章，舉人）、敖慕韓（名國琦，進士）、張肖巖（名元弼，舉人）、趙斗山（名拔才，舉人）。

十四歲以後的老師有丁誦孫（名嘉葆，進士）、童雲逵（名翬道，進士）、袁燮堂

（名理，附生）、洪次庚（名調笙，舉人）。在這些老師中，根據張之洞自己所說，又以「得力於丁先生（誦孫）的最多」。

這十多位老師都可說是科場老手，所學所教的也都是中國傳統經史、小學、聲韻、訓詁、詩文、策論等，奠定了張之洞在中國傳統學術上深厚的基礎。

除了這些老師外，另有兩位老師也值得一提，一位是韓超，另一位是胡林翼。

韓果靖公，名超，字寓仲，河南昌黎人，為人沉著勇敢，慷慨激昂，被胡林翼稱為「血性奇男子」。

道光二十九年（一八四九年），張之洞十三歲時，韓超因父親去世，在家守制。張鍈便把他請到興義府來教四個兒子讀書，雖然爲期甚短，但影響深遠。

咸豐六年（一八五六年），張鍈死於軍旅，當時雲貴總督因平日與張鍈有嫌隙，不但不將張鍈因公殉職的實情向朝廷上奏，反而謊報張鍈因年老膽小而節節敗退。知道當時情況的人都爲此憤憤不平，張家兄弟更視此爲奇恥大辱，希望能早日澄清冤情。

七年之後，同治元年（一八六二年），韓超調升貴州巡撫，張之洞便將當時情形寫信向韓超一一稟明，並請韓超代爲上奏，請求「照軍營病故例奏請賜恤」。韓超依實情上奏。次年（一八六三年），清廷下旨褒獎張鍈戰績，並追贈爲太僕寺卿，如此才洗雪張鍈膽小戰敗的冤情，可謂師恩深重。

另一位老師就是對抗太平天國的湘軍大將胡林翼，嚴格說起來，張之洞並非胡林翼的受業弟子。而是因爲張之洞幼時，胡林翼曾在貴州爲官，並與張鍈交往甚密，所以張之洞常常向他請教，從張之洞日後的一些見解主張及作戰方略中，可以看出深受胡林翼的影響，所以才將胡林翼列爲張之洞的老師之一。

胡林翼字貺生，亦字潤芝，謚文忠，湖南益陽人，道光十六年（一八三六年）進士，但一直沒能補實缺，於是在道光二十六年（一八四六年）以一萬五千兩報效，捐了個貴州知府，在貴州一待就是近十年。

胡林翼在當世不論政事、軍事都是佼佼者，尤其主張以練兵、求才、察吏、籌餉等四項爲整頓國家的要件。後來張之洞在各地主政時，也多從這四點著手。

胡林翼對張之洞這個晚輩也十分喜愛，對他抱著很高的期望，咸豐二年（一八五二年）張之洞回本籍（河北）鄉試，中了第一名舉人。胡林翼當時在貴州黃平帶兵作戰，聽到這個消息立刻寫信給張鍈說：

得令郎領解（鄉試中舉人）之信，與南溪（即韓超，當時正為胡林翼的通判）開口而笑者累（多）日。

胡林翼死後，張之洞到胡文忠公祠敬謁，曾寫詩追悼當年往事：

二老當年開口笑，九原今日百身悲。
敢云駑鈍能為役，差幸心源早得師。
聖慮當勞破吳後，雄心不瞑渡河時。
安攘未竟公遺憾，儌福英靈儻有知。
樞軸安危第一功，上游大定舉江東。
目營四海無畦町，手疏群賢化黨同。

江漢重瞻周雅盛，山林始起楚風雄。
長沙定亂誠相似，未及高勳又赤忠。

# 二、翰林清流

## 進士及第

二十歲以前，張之洞隨著父親、老師在貴州讀書，可以說是一帆風順。前面提到他五歲啓蒙，九歲讀畢四書五經，十歲學作詩及古文，十二歲作詩成集，十四歲入縣學，十六歲中順天府（屬河北省）舉人第一名。二十歲那年三月，他赴禮部考取覺羅（清宗族）官教習，可是當他高高興興的回到貴州不久，七月父親就一病不起。次年（一八五七年），他與兄弟將父親遺體運回家鄉南皮安葬，並留在家中守喪。從此完全脫離貴州，邁向另一段人生旅程。

三年守喪期滿，張之洞本想參加會考（各地舉人赴禮部參加考試），不巧連著兩年都因同族堂兄張之萬爲同考官（入闈襄同閱卷之官），祇好依例迴避，不得參加考試，而留在南皮本籍辦清平團練，以防太平軍向北進攻。

在這期間（咸豐十年六月，一八六〇年），長子仁權出世，張之洞高興之餘，爲後世子孫寫下一首充滿了忠君愛國、經世致用思想的〈敘輩詩〉：

仁厚遵家法，忠良報國恩。
通經為世用，明道守儒珍。

這代表他對自己及張氏子孫的期許。

同治元年（一八六二年），張之洞首次入京參加會考，雖然文章內容都十分精彩，但仍不幸落第，這對心高氣傲、才華洋溢的張之洞來說，眞是重重一擊。曾任同治、光緒兩位皇帝老師的翁同龢，還特別在日記中記下這件事：

在范鶴生那兒看到一份試卷，第二場寫得沉博絕麗，第三場寫得繁徵博引，文章頗有《史記》、《漢書》的遺風，我認為這一定是張香濤的試卷。誰知並非如此，張香濤的試卷是分由鄭小山批考，且未獲錄取，實在可惜，范鶴生為此感嘆不已，想以自己批考的一份試卷，和鄭小山交換張香濤的試卷，但鄭小山怕被監考官發覺，而沒有同意。

為他表示惋惜。

在落榜的一年中，張之洞到剛接任河南巡撫的堂兄張之萬家中作客，並為張之萬草擬了一份請求「釐定折漕」（整理訂定如何折算漕糧銀兩徵收）的奏章，奏章呈上後，很得兩位皇太后（慈安、慈禧）的讚賞，下旨對張之萬嘉獎一番，張之洞為此很感得意，立刻又著手為張之萬草擬奏章，可是張之萬卻不希望如此，所以看了奏稿之後，笑著對他說：

這個稿子寫得實在很好，祇是留到老弟你自己做官時再上奏也不遲。

這時張之洞祇是牛刀小試而已，等他自己做官以後，他那妙筆生花、誠懇務實的奏章，不但對清廷是最好的建言，對他個人的宦途也有極大的幫助。

同治二年（一八六三年），張之洞二十七歲，再度整裝入京參加三月的會考，這次順利上榜。可是在廷試（即殿試，會試錄取的貢士，到殿前由天子親自策試，通過的稱進士）時，他那份不依一般八股形式，而直接陳述當時時政的考卷，又引起極大的爭議，幸好卷子呈進去後，很得兩宮太后激賞，終能一吐一年前的怨氣，不僅進士及第，且考了個一甲第三，即俗稱的「探花」。

接著翰林院朝考（殿試後，翰林院大學奏請御試）又是名列一等第二名，立刻授職爲翰林院編修，開始他往後四十餘年的官宦生涯。

據張之洞年譜所說，張之洞從小到大參加各種大小考試，如鄉試、會試、殿試、朝考，以及任翰林時的翰林大考：

都不曾攜帶片紙隻字到考場，可是硃批閱畢後，刊出的試卷，卻不曾更改一字。

可見他考試時十分認眞小心，而且成績多能名列前茅，僅同治五年（一八六六年）四月翰林大考時，因脫落一字而名列二等第三十二名。當時一般士人及後世研究張之洞的學者，對他的「考試成績」都十分佩服。

但是在「最能代表時代寫照」的清末名通俗小說《孽海花》中，對張之洞在翰林大考時的表現，卻另有一番精彩描述：

不多會兒，欽命題下來，大家咿咿啞啞的吟哦起來，有搔頭皮的，有咬指甲的，有坐著搖擺的，有走著打圈的，另有許多人卻擠著莊壽香（張之洞在書中的化名），問長問短，壽香手舞足蹈的講他們聽。看看太陽直過，大家差不多完了一半，只有壽香還不著一字。寶廷（寶廷字竹坡，清宗室，張之洞的好友）道：「壽香前輩你做多少了？」

壽香道：「文思還沒來呢！」

寶廷接著笑道：「等老前輩文思來了，天要黑了，又跟上回考差一樣，交白卷了。」

……

卻見莊壽香一人背著手在殿東台級兒上走來走去，嘴裡吟哦不斷，不提防雯青（洪鈞字文卿，同治七年狀元，也是名妓賽金花的先生）走過來，正撞了滿懷，就拉著雯青喊道：「雯兄，快來欣賞小弟這篇奇文！」

恰好祝寶廷也交卷下來，就向殿上指著道：「壽香，你看殿上光都沒了，還不去寫呢！」

壽香聽了，頓時也急起來，對雯青等道：「你們都來幫我胡弄完了罷！」

大家只好自己交了卷，回上殿來，替他同格子的同格子，調墨漿的調墨漿。唐卿（汪鳴鑾，字柳門，翰林）替他挖補，舉如（陸潤庠，字鳳石，同治十三年狀元）替他拿蠟台，壽香半真（楷書）半草的胡亂寫完，已是上燈時候。

把當時幾個名翰林的才華、性格形容得十分生動，尤其是張之洞爲了指導別人，忘了自己寫稿的神態，寫來傳神。

## 進入翰林院

二十七歲的張之洞進士及第又入翰林院任編修，這對當時爲官者來說，是最正統最清貴的起點。這位新科探花到任第一件事，就是發揮他的妙筆，爲侍御劉芝泉起筆，彈劾御史吳台壽結黨亂法，以及他哥哥吳台朗攀附招搖，奏疏呈上之後一炮打響，清廷立刻下旨將吳氏兄弟革職查辦。從此大家都知道，翰林院中又多了一位不懼惡勢力的硬骨頭。

從同治二年（一八六三年）到光緒七年（一八八一年）出任山西巡撫，前後約十九年，其中除了少數幾年到外地任鄉試副考官或學政外，張之洞都在翰林院任職。

翰林院是中國傳統文人精英薈集、充滿理想色彩的地方。平日工作除了處理宗室譜牒、政治文件、典籍制度外，就是以奏疏建言國事為主。張之洞在翰林院時，秉持著他一貫忠君愛國、經世致用的理念，關心國事。對朝政有任何不合理的地方，都不計後果直言上奏。他和當時同在翰林院任職的張佩綸、陳寶箴、徐致祥、黃體芳、寶廷等人意氣相合，感受國家的危機。大家都對朝政弊端上書勸諫，不但不怕得罪當權派，也不怕觸怒滿清皇帝。所以在翰林院中漸漸形成一股議論時政的風潮，當時人稱他們為「清流黨」，而張之洞則有成為清流首領之一的趨勢。

雖然「清流派」的主張逐漸受到重視，但這些翰林本身都是傳統中國士大夫出身，沒有接觸西方新知識，也沒有和外國人交涉的實質經驗，所以當同治、光緒兩朝面臨強大外來壓力時，他們所提的議論大都過於理想，無法在當時施行，所以常被譏諷為「書生議政」。

儘管如此，在這十幾年中，以張之洞為首的「清流派」，仍對許多國家大事做了正面有價值的建言。其中有兩件事特別值得一提：一是「穆宗繼統繼嗣問題」，此事關係著張之洞日後的前途事業；一是「中俄伊犁事件」，此事為中國收回廣大的土地及權益。

## 繼統與繼嗣

所謂「穆宗繼統繼嗣問題」，就是同治十三年（一八七四年）十二月，年輕的同治皇帝病逝，死後並未留下子嗣，依照傳統及滿清皇族家法，新皇帝應該從低同治一輩的皇族近親中選出，以同治嗣子的名義來繼承皇位，稱爲「繼嗣」。

選出的新皇帝如未成年，理應由同治的皇后爲皇太后垂簾聽政。而當時大權在握的慈禧太后，就將升格爲太皇太后。如此一來，名分雖高，卻無實權。

權力慾極重的慈禧當然不願大權就此旁落，於是發揮她的影響力，促使皇親大臣們，同意立與同治同輩的醇親王之子載湉（同治名爲載淳），以同治弟弟的名義繼承大統，這種方式稱爲「繼統」。

其中最主要的原因，是載湉的生母即慈禧的親妹妹。如此慈禧仍可穩坐太后之位，繼續掌握實權，垂簾聽政。爲了永絕後患，慈禧又逼死同治的皇后（傳說當時皇后已有身孕）。慈禧這種泯滅人倫的作法，引起朝野忠直大臣一致的反對，紛紛上書勸諫。

可是在反對聲中，載湉仍登基爲光緒帝，而慈禧也仍以皇太后的身分掌握實權。

光緒五年（一八七九年）三月，同治帝的棺木入土下葬，典禮完畢後，吏部主事吳可讀自殺身亡，以死勸諫，請求爲同治立後嗣，將來皇位仍由同治子嗣繼承。

吳可讀之死，又引起一股爭議的風潮，於是兩宮太后下旨命王公大臣上書討論此事。當時一些大臣心中雖反對繼統，贊成繼嗣，但顧及慈禧大權在握，怕因此開罪了慈禧，所以紛紛推說這是清廷的家務事，外臣不敢議論，而不上書表示意見。

慈禧正感無奈之際，任「國子監司業」的張之洞上了一份深合慈禧心意、贊成繼統的奏疏，這份爲張之洞帶來毀譽參半的奏疏，內容大致如此：

為同治皇帝選立繼承人即是繼統。此事是出於兩位皇太后的意思，合乎天下臣民的心願，也是皇上深表同意的……

皇家子孫所說的繼嗣，就是指繼承大統而言。繼統與繼嗣本來就沒有區別……

然而深入為同治帝計畫，也就是為宗族國家計畫，最好的方法唯有以承繼大統的人，作為承繼後嗣的人。所以現在不能訂明由何人來擔任同治帝的後嗣，而是將來繼承光緒帝皇位的人，即為繼承同治帝的後嗣，如此既本乎聖意，又合乎家法。

張之洞這種「繼統即繼嗣」的說法，含混了原先截然劃分的情勢，爲慈禧的行爲尋得理論的基礎。所以奏疏呈上之後，慈禧立刻頒下懿旨，明白表示，將來皇帝（光緒）誕生皇子，將以同治帝嗣子的名義來繼承皇位。並將吳可讀、張之洞等人的奏摺都保存收錄在毓慶宮中。如此才平息了繼統與繼嗣之爭。

原本就因清流議論令朝野側目的張之洞，如今更因這份奏疏，立即得到慈禧特別的恩寵與眷顧，從此平步青雲，三年之內連升九級；從左春坊中允、司經局洗馬、翰林院侍讀、右春坊右庶子、日講起居注官、左春坊左庶子、翰林院侍講學士、咸安宮總裁，一直做到內閣學士兼禮部侍郎。並在光緒七年（一八八一年）外放擔任山西巡撫，展開往後二十幾年的封疆大任，建立了各種不朽的事功。也因此張之洞對慈禧的特別提拔，一直感謝在心。終其一生對慈禧都忠心耿耿、極力維護。

張之洞這份奏摺，是他一生中人格很大的爭議之處，許多人因此批評他是投機分子，想藉此迎合慈禧，作爲晉陞之階。

但也有人說他是認清時勢，解決問題，當時已是光緒五年，一切都已成爲事實，唯有如此才能消弭紛爭，使社會趨於安定。這件事也展現他彌縫兩端的本領，如果說此事是他一生事業的開端，並不爲過。

## 中俄伊犁事件

同治三年（一八六四年），新疆回亂大起，回教各族酋長紛紛領兵作亂。

同治五年（一八六六年）六月，纏回酋長阿布脫刺攻陷伊犁，而浩罕安集延族的阿古柏占領整個南疆。俄國爲了一探清廷對平定新疆回亂的態度，就於同治六年（一八六七年），由駐北京的俄國大使向總理衙門提出抗議，表示伊犁、塔城等處俄領事官署，及商店房屋都遭焚毀，而貨物也多被搶走，邊界交易一無所有。詢問清廷是否能在一定期限內將回亂肅清。總理衙門雖口頭回答說：「該處爲中國領土，將會竭力維持安定。」但因當時清廷遠征軍費不足，所以遲遲沒有行動。俄國便於次年（一八六八年）開始向新疆進軍。

三年後，同治十年（一八七一年），俄軍擊敗纏回阿布脫刺，占領伊犁。次年（一八七二年）又與阿古柏訂約，俄國承認阿古柏爲南疆領袖，阿古柏允許俄人自由通商。

俄國認爲清廷絕無能力收復新疆，所以在伊犁設立新市區，架設電線，實行移民，作爲長駐永居的打算。雖然總理衙門也多次與俄國大使交涉，但俄方都推說：

> 占領伊犁實在是不得已，純粹是保護僑民的行動，如果中國能平定新疆，保護國境的安全，俄國定將伊犁歸還。

於是清廷開始注重新疆問題，當時朝中意見分歧，多數人反對西征，主張封古柏爲外藩，如李鴻章就明白表示反對西征，他說：

> 新疆無事時，每年平均駐兵花費二百餘萬兩，增加了幾千里的廣大土地，也就是增加了無休止的駐兵開銷，真是不值得。新疆西北接俄國，西南遙接英國屬地，即使現在恢復了，將來也一定不能防守的。

但左宗棠等人卻力主西征，並申言俄據伊犁，阿古柏占南疆，如果再不聞不問，將來必會後患無窮。最後清廷決定西征。

光緒元年（一八七五年），清廷命左宗棠爲欽差大臣，督辦新疆軍務，準備向新疆進軍。

光緒三年（一八七七年），左宗棠平定新疆。於是清廷便向俄國要求歸還伊犂。但俄國相應不理。

光緒四年（一八七八年），清廷命吏部左侍郎崇厚爲全權大臣，赴俄交涉歸還伊犂之事。在崇厚赴俄之前，張之洞代張佩綸草疏上奏（因當時張之洞在翰林院任庶吉士，還沒資格直接上摺言事）：

> 希望崇厚在使俄之前，先到新疆實際觀察形勢，並與左宗棠交換意見之後，再去俄國。

但崇厚生性怯弱，沒有處理國際外交的經驗及知識，又不肯取道新疆，便直接到俄國聖彼得堡，與俄方開始交涉。

光緒五年（一八七九年）八月十六日，崇厚與俄國簽訂了有關伊犂十八條約定。

條約中中國蒙受重大損失，其中最嚴重的就是「割讓伊犁南部特克斯河流域的廣大平原」，這將使伊犁成爲沒有腹地的空城。條約簽定之後，崇厚也不等朝廷命令，便自行回國。

當「返還伊犁條約」的內容傳到北京後，朝中大臣紛紛上奏，指責崇厚專擅誤國，請求處以極刑，不惜與俄國一戰等。張之洞也在此時上奏（已升任司經局洗馬，可直接上摺），表示：

必改此議，不能無事；不改此議，不可為國。應該立即充實軍備，延緩立約，並將崇厚治罪。

清廷本有意處死崇厚，但李鴻章等人怕因此引起中俄關係決裂，進而爆發戰爭，所以極力勸阻，終將崇厚改判爲「斬監候」。這時俄國大使聯合英、法兩國大使，向總理衙門抗議，認爲這是中國排外運動的先聲。清廷在內外雙方壓力下，召開多次廷臣會議，最後決定：

選派熟悉洋務大臣一員，親自攜帶國書，前往俄國，將此約無法實行的原因，向俄國詳細說明。

光緒六年（一八八〇年）元月，清廷選定由出使英法的大臣曾紀澤，兼充出使俄國大臣，到俄國重新談判伊犁問題。在曾紀澤使俄前後，張之洞反覆上書達十餘次，其中他特別強調兩點：一是「松花江的航行權」，另一是「應積極準備作戰，以表示如不改約，不惜一戰的決心」。對這兩項建議，清廷完全採納，不但諭令曾紀澤務必要收回松花江航行權，並命老將左宗棠再度出關，準備萬一談判失敗，將以武力光復伊犁。

新的伊犁條約，終於在張之洞等清流派極力推動，曾紀澤靈活的外交手腕，以及左宗棠積極備戰做後盾，三方面通力配合下完成。光緒七年（一八八一年）元月，曾紀澤與俄國重新訂定《伊犁條約》，與前約相較，不但爲中國索回廣大土地，且通商範圍縮小，減少五處俄人領事館。僅在償款部分，增加了四百萬盧布。

這是清朝外交史上少有的成功談判，曾紀澤也因此名留青史，但我們也不可忽略張之洞與左宗棠等人幕後的偉大貢獻。

## 鄉試副考官與學政

同治六年（一八六七年）七月，張之洞三十一歲，奉旨到浙江擔任鄉試副考官，這是他首次來到江南，也是他首次接觸和教育有關的工作。從此之後不論他到哪裡，擔任何種官職，教育一直是他最最關心的事。

這次浙江鄉試，錄取的多爲鑽研考證訓詁的漢學之士，其中包括了清末名漢學大師孫詒讓，及後來因力主圍剿義和團之亂而被戮的袁昶、許景澄。在當時張之洞仍十分專注漢學（注釋之學），直到光緒三年（一八七七年）他從四川回到北京後，因受時勢影響，才轉變成「究心時政，不復措意（留意）於考訂之學」。

鄉試結束後，張之洞直接到湖北接任學政（提督學政，掌管全省學校、士習、文風）。到任不久，他便在試院門口寫了一幅對聯：

剔弊何足云難，為國家培養人才，方名稱職。

衡文祇是一節，願諸生步趨賢聖，不僅登科。

這表達出他爲學政一官的目的在「爲國家培養人才」，對學生的期望是「願諸生步趨賢聖」。

在任湖北學政期間（同治八年，一八六九年），張之洞與當時任湖廣總督的李鴻章會商，成立經心書院。從此之後，張之洞所到任官之處，都積極成立各種學院、學堂。在中法戰爭（光緒十年，一八八四年）以前，成立了經心書院、尊經書院（四川）、令德堂（山西），這三書院，以傳授中國傳統經、史、子、集爲主。中法戰爭之後，因張之洞逐漸瞭解西洋文明及世界局勢，他所設立書院的教學內容，也逐漸有所改變，從傳統的書院，一步步走向現代化的新式學堂。

同治九年（一八七〇年），張之洞湖北學政任滿交卸，在回北京前，他寫了一首〈送妹亞芬入黔詩〉，其中有四句可作爲他在湖北任學政期間的心得總結：

> 人言為官樂，哪知為官苦。
> 我年三十四，白髮已可數。

同治十二年（一八七三年），張之洞三十七歲再次奉旨，赴四川擔任鄉試副考官，鄉試之後就直接接任四川學政。四川因人口衆多，民風強悍，加上當時交通不便，所以有許多久積的弊端，歷年考試都常發生打架互毆等事件。張之洞就任後，立刻以嚴明公正的態度，一一加以解決，從此不論文試或武試，都恢復考場應有的秩序，並積極籌備建立書院。

光緒元年（一八七五年），新建的尊經書院落成，爲了教導院內學生，張之洞特別寫了《輶軒語》及《書目答問》兩本書。《輶軒語》是教導學生爲學之道，全書共分〈語行〉、〈語學〉、〈語文〉三篇；也就是說明求學必須先求敦品厲行，再明讀書之道，最後才可「學文」。這種教學的層次及方法完全是依《論語．學而篇》所言：

> 弟子入則孝，出則弟，謹而信，汎愛眾，而親仁。行有餘力，則以學文。

《書目答問》則是一本清末版本的目錄學。爲學子提示治學門徑，分別書籍的優劣。其中將各書分門別類，並對每書之版本、校勘、今古注釋，也加以說明，使讀者知道如何取捨。

一般說來，《輶軒語》及《書目答問》是代表張之洞還未接觸西洋文明前的思想。這時他是個不折不扣的傳統儒家學者，完全是以儒家的精神、方法及內容，來要求自己，教導學生。

在尊經書院中，張之洞教出了許多傑出的學生，其中有一位就是「戊戌六君子」之一的楊銳。張之洞在眉州蘇祠完工時，作了一首〈登樓詩〉，其中提到楊銳：

共我登樓有眾賓，毛生楊生詩清新。
范先書畫有蘇意，蜀才皆是同鄉人。

並自注：

仁壽學生毛席豐、綿竹學生楊銳、華陽學生范溶皆高才生，召之從行，讀書親與論講，使揅（研）經學。

後來張之洞任湖廣總督，設兩湖書院，還聘請楊銳爲史學教師。祇可惜戊戌政變之後，六君子下獄，張之洞並未及時營救楊銳，這成爲張之洞人格上另一讓人爭議的地方。張之洞年譜中雖表示是「營捄（救）不及，深痛惜之」；但維新派人士卻認爲張之洞是膽小怕事，十分不諒解。也因此梁啓超先生在《論李鴻章》一書中，將張之洞批評得一文不值。

三年時間很快過去，張之洞在光緒二年（一八七六年）結束四川學政準備回京。在清朝一般人都說「窮京官」，就是在京城爲官，沒有額外收入。而其中又以在翰林院任職最窮。可是一旦外放擔任學政，身價立刻不同。當時有所謂「一任學政，十年吃不盡」。尤其像四川這種省分的學政，因爲省分大而生童人數特別多，所得的陋規收入，就有二萬多兩銀子，素來被視爲肥缺。可是張之洞接任四川學政後，將這些陋規一一革除，也就是將財路一一阻斷。結果當光緒二年（一八七六年），他離職回京時，卻兩袖清風，甚至無錢治裝，只好將請人篆刻的《萬氏經書》（清浙江鄞縣人萬經，幼承家學，博通經史，旁及金石鐘鼎；曾經增補父親萬斯大所著《禮記集解》，及堂兄萬言所著《尚書說》，輯成一編，名爲《萬氏經學》。又重修叔父萬斯同所著《列代紀年》及堂兄萬言著《明史舉要》，名爲《萬氏史學》，又著有《分隸偶存》）刻版賣掉，才湊足盤纏，返回京師。

# 三、山西巡撫、兩廣總督

## 山西巡撫

光緒三年（一八七七年）初，張之洞回到北京，這次四川之行，他雖沒帶回銀兩，但卻帶回一位才德兼備的王夫人。這年八月初三他過四十一歲生日時，因家中無錢，王夫人祇好典當衣服，為他張羅酒菜。可惜這位共患難的王夫人並沒等到丈夫發跡，便於光緒五年（一八七九年）二月去世。同年四月十一日，張之洞便上了「繼統即繼嗣」的奏摺，從此深得慈禧的信任，步步高升，並於光緒七年（一八八一年）底他四十五歲時，外放擔任山西巡撫，逐步邁向封疆大吏的人生旅程。

光緒七年（一八八一年）十二月二十日，張之洞過娘子關，進入山西境內，眼前呈現的一切立刻使他感到必須大力整頓。山西原本不是富庶的省分，加上光緒三、四年間曾發生大饑荒，雖然事隔多年，但因當時滿清政府無心也無力整治，而各地方官吏又多「溺於鴉片，偃息在床，志氣昏惰」，根本無能治理地方。所以當張之洞一入山西，眼所見、耳所聞竟是一幅「民生重困，吏事積疲」的景象，所以他決心以「清明強毅」四字來改革、整治山西省務。

首先他以過人的精力率先實行「丑正二刻（清晨一、兩點）即起，寅初（三點）閱公牘，辰初（七點）見客」。其次是整飭各級所屬官員，並限令在半年內戒除吸食鴉片的惡習。清末官員大都吸食鴉片，且常以鴉片作爲彼此間饋贈的禮品，張之洞對此卻深惡痛絕，他認爲一個沉溺鴉片的人，絕對無法保持清明的頭腦及充沛的活力去處理事務。這在清末官場中是少數「獨醒」之人。

張之洞在山西巡撫任內，除了一貫的重視教育，去除科場陋習，並設「令德堂」教導學生外，主要政績可分爲八點：勸墾荒、清丈土地、裁減差徭、禁種罌粟、裁革公費饋送、裁抵攤捐、建倉積穀及清釐善後庫款。經過兩年的努力，山西省已從張之洞到任時的「官積累、民積困、軍積弱、庫積欠」，到光緒九年（一八八三年）冬清查時，已「民有餘糧、官有餘力」。由此可知在山西巡撫任內，張之洞實踐了傳統「經世致用」的理論，盡忠職守，努力爲山西開創一番新的氣象。然而，在傳統之外，還有更多更大的挑戰正等著他呢！

## 首次接觸西方文明

清末諸多問題，其中「西風東漸」是重要原因之一，西洋文化以「船堅炮利」爲後盾，像一股強風，吹散了中國「天朝大國」的假象外衣，展現出貧窮、落後、腐敗、保守的眞實內裡。所以對西洋知識的瞭解，對西洋文明的接受程度，以及與西方各國的交涉能力，一直是傳統中國科場出來的官員最大的考驗。

張之洞在結束四川學政之前，可說是對西洋文明所知甚少。所以在《書目答問》中，一共列舉了兩千種書籍，認爲是士子必讀之書，而其中除曆算外，僅收了有關西洋地理的書八種、兵法的書一種，而對有關西洋政教文化的書一本也沒收錄。可是當他回到北京之後，正當滿清與外國交涉「中俄伊犁事件」與「中日琉球問題」之時，張之洞便開始對中外情勢加以研討，但他當時所認識的西方也僅限於「船堅炮利」，而對其他西洋文明仍一無所知。這種情形在張之洞到山西之後有了明顯的改變。

最先直接影響張之洞認識西方文明的，便是傳教士李提摩太。李提摩太爲英國傳教士。光緒三年（一八七七年），山西發生災荒，李提摩太到山西從事救荒與傳教的工作，由於他的傳教方法是以爭取有領導能力的官紳爲宗旨，所以利用救災的機會，先後認識了曾國荃、左宗棠、李鴻章與張之洞等名臣。張之洞與他初次見面，竟見並不相投。可是光緒八年（一八八二年）張之洞在山西查閱舊檔案時，發現有關李提摩太曾在前山西巡撫曾國荃任內上書建議修鐵路、開礦山、辦學堂、興實業等，便召集所屬官員討論一番，並派了三人去李提摩太那兒，勸他放棄傳教工作，入中國政界擔任顧問，幫助張之洞舉辦一些新政。李提摩太雖然拒絕，但對張之洞的影響卻從此開始。不但當山西水災時，張之洞要李提摩太及沙爾斐醫生進行測量，攝取影片，做成報告呈給張之洞，並且每個月李提摩太都到太原，向山西的政府官吏及知識分子演講及試驗表演，主要內容包括：

(一)哥白尼所發現的天體祕密。

(二)化學的奧妙。

(三)機器的效能——例如車床、刨床、縫衣機、腳踏車之類。

(四)蒸氣機帶給人類的福祉——例如火車頭、工廠的原動力等。

(五)電力的奇蹟——例如發電機、通訊機等。

(六)光學的貢獻——例如攝影機、幻燈等。

(七)醫藥與解剖的進步與奇蹟。

前去聽講的官吏與知識分子很多，大家都對這些「神祕的科學」感到十分好奇。張之洞顯然也受很大的影響，在光緒十年（一八八四年），奏請在山西開採鐵礦及籌設洋務局，以延攬各方科學人才。祇是這兩項計畫，都因他不久被調任兩廣總督，無法在山西實行。而是在他任兩廣總督之時，一一開始著手施行。並且在光緒十五年（一八八九年）張之洞擔任湖廣總督後，仍再度請李提摩太提供意見，且依李氏建議，舉辦鐵廠、設立學校，使湖北氣象一新。

因受李提摩太的影響，張之洞除對西方科技有所認識外，也已知道外語、外交與商務的重要性。光緒十年（一八八四年），他在〈延訪洋務人才啟〉中曾明白表示：

> 查中外交涉事宜，以商務為體，以兵戰為用，以條約為章程；以周知各國特產、商情、疆域、政令、學術、兵械、公法律例為根柢；以通曉各國語言文字為入門。

由此可知山西是張之洞認識西方知識的重要起點。從此他不但重視洋務，且開始實行洋務。又因他一向重視教育，所以洋務教育也是他日後重要施政方針之一，這對他日後極力廢止科舉，提倡新式學校教育，有很大的關聯性。

## 由山西到兩廣

張之洞在山西巡撫任內，一面以傳統儒家的觀念及方法治理省務，一面汲汲吸取西洋新知識。兩年多的時間很快就過去了。光緒十年（一八八四年），中法之間因越南問題，情勢逐漸緊張，但清廷一直未能決定是和是戰，當時朝中主掌對外交涉及兵權的重臣李鴻章主和，他認為如果打仗最後必定是戰敗賠款。而朝中少不經事的文人「清流派」人士卻主張用兵。於是清廷召回在山西的張之洞。張之洞當時的外交思想是「守四境，不如守四夷」，因此主張對法強硬，力保越南。在張之洞回京途中，中法問題又生變動，清廷態度漸趨強硬，所以在張之洞回京後，立即命他接任兩廣總督，並命「清流派」另一位中堅人物、也是張之洞的好友張佩綸為「船政大臣」，會辦福建海疆事宜。祇是後來中法馬江海戰張佩綸舉止乖張而且大敗，從此輸掉了前程仕途。

中法問題淵源已久，法國一到遠東之後，就想將越南占為己有，所以從道光年間到同治末年，法國乘著中國自顧不暇時，陸續占領了越南不少地方。直到同治十三年

（一八七四年）法國與越南簽定《西貢條約》，清廷這才覺悟到越南已被法國占領，於是派出中樞大臣李鴻章和法國特使談判，李鴻章在越南事件上自始至終一意主和，光緒十年（一八八四年）四月十七日，李鴻章與法國特使簽定了《中法越事草約》，這時張之洞已在返回北京的途中，可是清廷對《草約》的內容不滿意，而法國又以中國拖延撤兵時間爲由，向總督署抗議「中國背約」，雙方情勢日趨緊張，戰爭一觸即發。

這時張之洞回到北京，立即到宮中請安，並陳述對越南事件的意見及規畫。清廷因擔心原任的兩廣總督張樹聲出自淮軍，與湘軍出身的欽差大臣彭玉麟相處不洽，所以將張之洞調往廣州署理（代理）兩廣總督，一面資助越南戰事，一面加強防務，以免戰事擴大時措手不及。

## 中法戰爭

光緒十年（一八八四年）閏五月十六日，新任兩廣代理總督四十八歲的張之洞到了廣州，因爲此行主要目的是爲「中法戰爭」，所以他到任第一件事便是：

籌辦省城防務，巡視外海內河各炮臺，省城外陸軍各營壘，籌辦瓊（海南島）廉（廉州）潮州防務。

並與在廣東的兩員大將：以欽差大臣身分駐廣州的兵部尚書彭玉麟，以及前任兩廣總督張樹聲，共同會商守備事宜。

六月法軍侵擾基隆，張之洞便與彭、張等人一同電奏，請求清廷盡速決定戰守計畫，使沿海各省可遵照辦理，可是清廷仍舉棋不定。七月初法軍進攻福建馬尾，清廷命兩廣緊急救援，張之洞立刻撥洋槍及糧餉，預備運往基隆，祇是各國都聲稱保持中立，拒絕運送槍枝，最後僅運送了糧餉。張之洞並命五營軍隊從汕頭出發援助福州，但還未出發，就已接到馬尾海戰大敗的消息。七月三日張佩綸戰敗之日，也是張之洞正式擔任兩廣總督之日，從此兩人前程命運各有不同。七月六日清廷終於正式對法宣戰，滿清政府這種遲疑不決的態度，在對各國的作戰上，都有很大的負面影響。

中法正式開戰後，廣州一方面因接近戰區，一方面又是洋人出入最頻繁之處，所以格外顯得重要。張之洞此時一面照會駐澳門的葡萄牙官員要嚴守「局外公法」，不可對法人提供任何民生、軍需物資；一面又令法領事率法國教士、商人、民眾等退出廣東境內，且仍保護法國教士、商人、民眾的安全，嚴禁匪徒藉此機會，毀壞各國教堂，凌辱安分洋人，滋生事端。張之洞這種將戰爭和普通百姓分別處理的原則，不但合於人道主義，而且可以防止事端再度擴大，並杜絕事後的索賠問題。在當時有此遠見的清廷官員倒不多見。

在張之洞還未達兩廣以前，清廷在越南方面作戰的主帥，是淮軍出身的廣西巡撫潘鼎新。結果廣西軍敗，潘鼎新被免職，由廣西提督蘇元春繼續領兵作戰，但清軍仍然士氣不振。張之洞到達兩廣之後，雖有張樹聲、彭玉麟兩位大將坐鎮，但開戰不久，張樹聲便死於軍中，彭玉麟也身染重病。張之洞眼看情勢如此危急，知道如果不請出熟悉當地情況、有經驗的老將軍繼續領兵作戰，將很難振奮士氣，鼓勵軍心。便在十月禮聘前廣西提督、七十歲的老將馮子材再度領軍，與總兵王孝祺一同出鎮南關迎戰。馮子材、王孝祺身先士卒，軍心大振，終於在光緒十一年（一八八五年）二月十三日攻克諒山。這次諒山大捷的戰果，迫使法國同意在不割地不賠款的條件下議和。二月十九日，中法兩國在法國巴黎簽訂停戰條約。中國從此喪失了對越南的宗主權。中法和議既成，張之洞雖前後七次上電總理衙門，力陳應乘勝逐敵，但已無力改變清廷議和的決心。

中法戰爭結束了，戰後的巴黎和議雖不令人滿意，但「中國並沒有輸」這個戰果，卻給清末有心人士莫大的鼓舞，認為中國還是有希望。而此時任兩廣總督的張之洞更因地利之便，不但能眞正接觸洋務問題的癥結，並對西方科技知識有了更進一步的認識，因此他深切反省到中國亟須自強、亟須現代化的重要性。

中法戰爭可以說是張之洞的轉捩點。在此之前他毫無洋務經驗，是傳統科舉出身的中國官吏，頂多在山西時知道一些西方科技的皮毛，並未直接面對中國當時的大難題「西風東漸」。可是從此之後，他不但面對這個難題，並努力提出解決的辦法。就是這個轉變才凸顯出他的重要性，使他在中國近代史上占有一席之地。

## 在兩廣推行現代化

光緒十年到十五年（一八八四至一八八九年）這整整五年的時間，張之洞在廣州擔任兩廣總督，就任之初正當中法戰爭期間，所以全力支援作戰，無暇顧及其他。光緒十一年（一八八五年）中法議和，經過對戰爭的反省及更進一步認識洋務問題，他逐漸確定了日後的施政方針，首先提出中國必須自強：

自強之本以操權在我為先，取用不窮為貴。

他所提出的自強方法如購買船炮、遠募洋將、建立海軍。這種從仿造船炮、模仿西法，作爲中國近代化的起步，和當時一般自強運動者並沒有什麼不同。所不同的是他對傳統中國更有自信：

將帥之智略，戰士之武勇，堂堂中國，自有干城（捍衛）腹心（策謀）。

就在自強與自信兩大原則下，張之洞在廣州開始實行中國近代的各種建設。在人才培養方面，他於光緒十三年（一八八七年）先後設置「辦理洋務處」訓練洋務人才，設置「電報學堂」，創辦「水陸師學堂」，修建「學海堂齋舍」，擴大招生名額並測繪廣東海圖。

在加強國防力量方面他招致香港工匠，採取香港華洋船廠圖式，造成淺水輪船四艘，命名爲廣元、廣亨、廣利、廣貞。又建出海兵輪四艘，命名爲廣甲、廣乙、廣丙、廣丁。同時鑑於發展海防，所需彈藥甚多，所以購買製造槍彈機器，創設製造槍彈廠。並進一步要籌建槍炮廠，作爲自強持久之計，可是因財政困乏，所以會商廣東各級文武官員、士紳、鹽商等分年捐資。從光緒十五年到十七年（一八八九至一八九一年）底，共捐了三年，用以購買鑄造機器及建廠經費，可惜還未籌建完成，張之洞便奉命調任湖廣總督，使廣州的槍炮廠未發揮應有的功效。

除了造船、製造槍彈外，張之洞還倡議籌設煉鐵廠。有關這點引起後人很大的爭議，反對的如著《中國近代史上關鍵人物．張之洞》的莊練先生所說：「是我國的工業建設史上，一個很大的笑柄。」贊成的如著《漢冶萍公司史略》的全漢昇先生認爲：「這是我國邁向重工業的一大步，直到今日漢冶萍公司仍是我國重要的大煉鋼廠之一。」爲何如此？完全是因爲著眼的角度不同。光緒十五年（一八八九年）張之洞上〈籌設煉鐵廠摺〉，說：

> 竊以今日自強之端，首在開闢利源，杜絕外耗。舉凡武備所需槍炮軍械、輪船炮台、火車電線等項，以及民間日用、農家工作之所需，無一不取資於鐵。兩廣地方產鐵素多，而廣東鐵質尤良。

可是當張之洞將煉鐵廠籌設得差不多時，卻奉調湖廣總督，繼任的兩廣總督李瀚章奏陳廣東產鐵不多，不便建立煉鐵廠，於是又由張之洞奏報將煉鐵廠移設於湖北，就是後來的漢陽煉鐵廠，此廠再擴大，即爲後來的「漢冶萍公司」。所以反對者的立場是從張之洞誤認兩廣煤、鐵礦甚豐、到廠址選擇、煉鋼爐選購等諸多錯誤來批判他；而贊成者則是以張之洞有發展重工業的遠見，漢陽成爲中國重工業的核心約百年之久來稱許他。在此，我們可以說張之洞的現代化科技知識確實不足，但他一心要求中國富強現代化的努力，卻是不容抹殺的。

除了以上各種建設外，張之洞還主張另練新軍，因爲他認爲當時的湘、淮、粵各軍地方色彩很重，而且互有長短，所以主張另編練一支新軍，這支新軍必須：

> 不分門户，營哨各官不拘一省，勇丁南北皆有，不限一方。

並給予新式槍炮，去除洋操中呆板遲鈍處（即基本教練），專練炮準、臥槍、散隊、夜戰、疾行、踰濠登山、造地營、安地雷等項，口令一律使用華語，而營規紀律築壘掘濠等工作，則採用湘淮軍的制度，以便成爲一支集合各軍與中外之長的勁旅。

張之洞「新軍」的觀念，到就任湖廣總督後更加徹底施行，在湖北武昌練就了一支新軍。但他萬萬沒有想到他努力培養來保護大清王朝的新軍，卻是後來國民革命軍用來推翻滿清、武昌起義成功的主力軍隊。武昌革命時張之洞已經作古，如果他地下有知，不知作何感想？

## 在兩廣的一般行政

張之洞在兩廣總督任內，除了積極推動各種現代化的建設外，仍和在山西一樣，努力改革地方行政。首先他對兩廣的吏治加以澄清，禮遇各地賢紳，而對豪猾害法貪污枉法的官吏，絕不饒赦，在清末貪污風氣非常盛行，但張之洞本身為官非常清廉，《清史稿．張之洞傳》說他「任疆數十年，及卒，家不增一畝」，所以他所到之處，對各官吏的操守也有嚴格要求。其次是他平定兩廣境內賊匪。他派馮子材為督辦，剿平各地賊匪，當時廣東各地流行械鬥，張之洞派遣各級文武官員，分別到各地方查明是非曲直，嚴予懲辦，使械鬥風氣稍作平息。另外海南島因在廣東海外，交通阻隔，常爲兩廣不法之徒藏身之所，易生事端，張之洞在中法戰爭後，再派遣在諒山獲得勝利的提督馮子材、總兵王孝祺率軍前往剿平，又以寬減三年關稅爲號召，鼓勵各方開發海南島。他是歷任兩廣總督中，對海南島最重視的一位。

除了澄清吏治平定地方外，兩廣因最早與海外接觸，有很多居民前往海外發展，張之洞對海外華僑問題也相當關心，在光緒十二年（一八八六年）七月，派遣總兵銜兩江副將王榮和和鹽運使銜候選知府徐瓗先等人，前往南洋各港埠，詳查各地華人的情況。在經歷考察二十餘港埠後，深切體會要保護僑民的重要性，所以張之洞提議政府，普遍在各地設立領事館，並辦理華文教育。

光緒十一、二年（一八八五、一八八六年）間，中國在舊金山的華工受到排斥及迫害，而華工之中許多人原籍廣東，所以廣州人士聞訊之後，群情激動。張之洞一面密示廣東各地鄉紳出面開導勸阻，一面致電清廷駐美使臣鄭藻如向美國政府交涉，力商保護、賠償的辦法。處理態度積極，且得力於平日的準備，使這次事件終能獲得和平與較合理的解決。

雖然因廣州地理位置，與中法越戰的外在客觀環境，使原本對洋務相當陌生的張之洞趨向加緊追求西方科技，以求自強之道，但他對中國傳統的維護及地方教育的重視，仍是沒有改變。並於光緒十二年（一八八六年）三月設廣雅書局，這是廣東第一家書局。又於光緒十三年（一八八七年）閏四月創建廣雅書院，教授經、史、理學、經濟四門，仍以培養「通經致用」的人才爲主。廣雅書院後經多次的擴建及改制，到民國三十八年政府遷台以前，仍以廣東省立廣雅中學的名稱，繼續招生教學，影響超過七十年。

張之洞一面以廣雅書院做維護中國傳統的中心，一面也在電報學堂、水陸師學堂等科技及軍事學堂中，加入中國經史的課程。但大時代在改變，廣雅書院中以「通經致用」爲主的學生，已比四川尊經書院的學生，有更多接觸西學及洋務的機會，西洋知識也向前邁進一大步。而科技及軍事學堂中的學生，更因時間的限制，不得不逐漸減少傳統經史的課程，而使中學與西學成爲「西主中輔」的關係。所以「通經致用」的傳統教育及「西主中輔」的現代教育，是中法戰後到甲午戰前，張之洞所倡導的雙軌式教育。甲午戰後，他將兩者相互融會而提出「中學爲體、西學爲用」的思想。

## 在兩廣的榮耀

滿清中葉以後的總督總數只有八個，即直隸、兩江、湖廣、兩廣、閩浙、陝甘、雲貴、四川。其中直隸總督與四川總督只管轄一省，兩江總督管轄三省，其餘各總督都管轄兩省。到了光緒末年，才又增加了東三省總督，也是管轄三省。這其中以直隸總督地位最尊崇，並兼任北洋大臣，堪稱爲各封疆大臣的領袖。而兩江總督則占地最廣且財賦最多，並兼任南洋大臣，一般被視爲是第二號重鎮。再來就是兩廣及湖廣總督了。

張之洞由山西巡撫擢升總督，所到之處不是陝甘、雲貴等地，而是直接受命兩廣總督，可見這是一次破格的提升。當時正處中法越戰之時，對張之洞來說，這正是一個重要考驗，如果能通過考驗，就奠定了他日後可爲封疆重臣的地位。如果通不過考驗，以往那些妙筆生花的奏摺，將會被人譏爲「書生論談」毫無實用價值。然而張之洞因善於選擇統率將領，起用了已經退休在家的前廣西提督馮子材，而馮子材爲感謝張之洞的「知遇」之恩，在戰場效命搏戰。

> 馮子材在諒山戰役中短衣帕首，赤足草履，以七十衰暮之年奮身陷阱，殊死搏戰，以致所部將士人人感奮效命，終獲大捷。

諒山大捷不但使滿清在中法越戰後，免於賠款、割地的命運，也使張之洞順利通過考驗，穩坐兩廣總督的大位。

光緒十三年（一八八七年）張之洞五十一歲，因張之洞在政府資料中的年齡，比實際少一年，所以清廷便在八月初三爲這位位居兩廣總督的封疆大臣「五十生辰賜壽」：

> 頒賞御筆籌邊錫福匾額一方，福壽字各一方，金佛一尊，紫檀嵌玉如意一柄，蟒袍面一件，小卷吉綢八件，湯綢八件。

在清廷漢人文臣能在五十歲獲得賜壽的並不多，由此可見，張之洞在當時的地位已日漸重要。不僅清廷爲他賜壽，就連一般廣東民衆士紳也爭相爲他祝壽：

> 廣州明倫堂（孔廟附設的組織）的士紳，一向不和官府人員周旋，但因張之洞興建學校教育人才，所以特別在他生日之時，撰寫文章為他祝壽，並運送了三萬個爆竹為之慶祝，可是送到督府門口，卻不得其門而入，只有運回明倫堂燃放。

所以張之洞雖閉門謝客，不納賀禮，但他五十歲生日可說是獲得朝野一致的肯定，風光極了。這和十年前他從四川回到北京，過四十一歲生日時，王夫人當衣服辦酒菜的蕭瑟景象完全不同。人生際遇，實難預料。

## 由兩廣到湖廣

光緒十年（一八八四年），慈禧太后罷絀了恭親王奕訢，而由「志大才疏」的醇親王奕譞得勢，奕譞想有一番作爲，且可從中漁利，所以極力倡議海軍及鐵路。他先是和李鴻章一同建議修築天津到大沽口間的津沽鐵路。在光緒十四年（一八八八年）完成後，兩人又上摺請求建津通鐵路，也就是將鐵路從天津延長到北京附近的通州（通縣）。這一提議立刻引起清廷保守勢力的極力反對。認爲如何能將此「隆隆」怪獸開到京城附近，而且萬一鐵路被洋人占有，便可由大沽長驅直入來到北京。津通鐵路遭到反對之後，翁同龢等人便上摺，請求將鐵路「試修邊地」。所以清廷下令要沿江海各將軍督撫各抒己見，張之洞便在光緒十五年（一八八九年）三月上疏，力陳修築鐵路有七利，並建議修築盧漢鐵路，也就是從北京附近的盧溝橋到湖北的漢口，他說：

修路之利，以通土貨、厚民生為最大，徵兵轉餉次之。今宜自京外盧溝橋起，經河南以達湖北漢口鎮。

其中「七利」分別是：

㈠內處腹地，無慮引敵。

㈡原野廣漠，墳廬易避。

㈢廠盛站多，役夫賈客可捨舊圖新。

㈣以一路控八九省之衢，人貨輻輳，足裕餉源。

㈤近畿有事，淮楚精兵終朝可集。

㈥太原旺煤鐵，運行便則開採必多。

㈦海上用兵，漕運無梗。

由張之洞建議修築盧漢鐵路奏摺中可看出，他對中國近代化有了更深一層的瞭解，知道中國要強大除船堅炮利外，還要從經濟上做改革；所以他認爲修築盧漢鐵路最重要的是經濟價值，「今日鐵路之用，尤以開通土貨爲急」。其次才是軍事價值。這和以李鴻章爲首的當時自強運動者，對修築鐵路完全著重其國防價值已經大有不同。以張之洞的理想，修建鐵路要先自開採煤鐵礦，創辦煉鋼廠著手，如此不僅鐵路所需不必購自外國，整個重工業的基礎也因此建立。

張之洞修築盧漢鐵路的建議，得到清廷同意，並將張之洞調任湖廣總督，主要負責修築盧漢鐵路。這時張之洞的思想已由中法越戰後，要求船堅炮利，而進一步認識民主經濟的重要性。所以在他調任湖廣總督之後，雖然在盧漢鐵路的建築上一波三折，困難重重，但終於在光緒三十二年（一九〇六年）十二月全路告竣，後經改名，即今日的平漢鐵路。爲中國最重要的南北鐵路幹線之一。除此之外，對其他各輕、重工業也有非常之建樹。湖北的武漢三鎭能成爲中國的重要工業中心之一，實得力於張之洞的規畫與建設。

湖廣總督任內是張之洞一生中最重要的階段，不但爲時最長，前後約十八年，從五十三歲到七十一歲，而且幾個重大事功也是在此時完成，如思想上他作《勸學篇》、政治外交上他力主東南互保、工業建設上完成盧漢鐵路及漢陽鐵廠、教育改革上諫言廢科舉立新學制。所以在此依時間先後，將他在湖廣時期分爲四大部分：第一部分是由初掌湖廣到甲午戰爭，第二部分是由甲午戰後到戊戌政變，第三部分是由戊戌政變後到庚子議和，最後一部分是由庚子議和之後到他調離兩湖。

# 四、初掌湖廣與甲午戰爭

## 初到漢口

光緒十五年（一八八九年）三月，張之洞上摺建議修築漢口到盧溝橋的盧漢鐵路，不但立刻得到清廷的同意，且在七月十二日下令，將他調往兩湖擔任湖廣總督，以方便規畫興建。八月六日，慈禧正式下令命張之洞和當時的直隸總督李鴻章，會同海軍衙門，開始籌辦盧漢鐵路。

李鴻章在當時擔任直隸總督兼北洋大臣，可說是首席大臣，他原先建議修築津通鐵路，但因反對聲浪太大，而遭否絕。當張之洞建議修築盧漢鐵路時，李鴻章曾上書表示反對，認爲這條鐵路完全未經規畫，且經過省分太多，很難完成。如今慈禧不但同意興建，且命他共同籌畫，心中當然不是滋味，所以表現並不積極。

光緒十六年（一八九〇年），俄國想要併吞朝鮮的野心愈來愈明顯，慈禧便在李鴻章等人的建議下，下令延緩修築盧漢鐵路，先築從營口到琿春的關東鐵路，以備不時之需。這一延緩就延緩了好幾年，直到光緒二十二年（一八九六年），盧漢鐵路才眞正開始勘路規畫，當時李鴻章已因甲午戰敗，丟掉了直隸總督的職位，當然後來就沒有參與盧漢鐵路的興建。

光緒十五年（一八八九年）十月，張之洞交卸了兩廣總督的職務，放下各種改革與建設的計畫，起程前往湖北。十一月二十五日，新任湖廣總督張之洞到達湖北漢口，次日正式接篆視事。他此行的主要目的既是要修築鐵路，而築鐵路要鋼鐵，煉鋼鐵要煤，所以他到任第一件事，便是派員分赴湖北、湖南各縣，以及四川、貴州、山西、陝西各省查勘煤礦、鐵礦。

在張之洞離開兩廣之後，兩廣總督由李鴻章的大哥李瀚章接任。李瀚章也是曾國藩的入室弟子，在對抗太平天國時，雖未帶兵打仗立過戰功，但因辦理糧運，積下了不少勞績。在太平天國結束後也做過不少官職，但都沒有什麼建樹，且因縱容賭博、貪污等事，爲官名聲並不太好。他到廣州之後，看到張之洞購買有關織布廠、槍炮廠及煉鋼廠等所需的機器，建好的廠房，以及籌備的經費，立刻上了份奏摺表示兩廣鐵、煤產量都不多，並不適合興建織布、槍炮、煉鋼等廠，所以建議將這些機器移交由北洋繼續規畫。當時的北洋大臣由直隸總督李鴻章兼任。李瀚章也許認爲：一來可以省掉自己許多麻煩，二來肥水不落外人田，把機器交給自己也在努力現代化建設的二弟，豈不兩全其美。

在漢口的張之洞得知這個消息後，當然不甘願自己多年努力的成果落入李鴻章之手，於是也上了一份奏摺，表示兩湖地方煤、鐵產量很豐，希望能將這些機器運往湖北，繼續建廠生產。最後清廷裁定將這些機器運往湖北，由張之洞繼續規畫興建各廠。由此可見，清末各項建設沒有完整的規畫，完全依地方首長的喜好而任意更改，其中不知浪費了多少的時間和金錢，結果常常事倍功半，甚至徒勞無功。

張之洞雖然將各廠的機器運到湖北，但已建好的廠房不能搬動，而原先籌措的經費李瀚章也不願交出，後經多次交涉，才籌得經費。於是將織布局建於武昌城外，槍炮廠建於漢陽大別山下。槍炮廠後來擴建爲漢陽兵工廠，生產各式槍枝彈藥。所以當民國前一年國民革命軍在武昌起義，就因軍械庫所存儲漢陽兵工廠生產的槍械彈藥極爲豐富，擴充了革命軍的軍力，奠定了革命成功的武力基礎。

光緒十六年（一八九〇年）閏二月，清廷議定「先造關東鐵路，緩造盧漢鐵路，令鄂省專意籌辦煤鐵」。張之洞得到旨令後，更積極籌建煉鐵廠，三月定議開採大冶鐵礦，八月勘定煉鐵廠籌建於漢陽大別山下。張之洞堅持要將煉鐵廠建於漢陽大別山下的理由有二：一是大冶雖是鐵產地，但沒有空曠平地可供建廠，而大別山麓地平且寬，適合蓋大型工廠。二是靠近省城及可與槍炮廠連爲一氣。可是張之洞卻沒有提到建廠於此也有兩大缺點：一是漢陽既不產鐵也不產煤，煤、鐵的運費將增加煉鐵的成本。二是因接近長江、漢水，地勢低窪而且潮濕，必須大規模的填高地基，才能建立工廠，這樣也增加了許多建廠經費。

也有人說，張之洞堅持要將煉鐵廠建於漢陽的大別山下的理由，是唯有建廠於此，才可從他的總督府看到工廠。可是當工廠蓋好了，從總督府卻看不到工廠，原因是工廠的地勢太低，於是他又命人把工廠拆了，重新墊高地基再行建廠。最後，張之洞終於能從他的總督府看到漢陽煉鐵廠，如此他才心滿意足讓煉鐵廠繼續興建。

無論如何，漢陽煉鐵廠雖歷經一波三折，終於在張之洞的堅持下，於光緒二十年（一八九四年）完工生產，成爲中國第一座現代煉鐵廠，使中國向重工業邁進了一大步。祇可惜漢陽煉鐵廠初期因煉鐵設備選購的不適宜，使得所生產的鐵含有磷質，容易脆裂折斷，因此嚴重滯銷，形成大量虧損。直到光緒二十四年（一八九八年）之後交由盛宣懷接辦，才逐漸改善，使漢陽煉鐵廠步入正軌生產銷售，聲譽日起，產品也曾遠銷歐美各地。這雖有賴於盛宣懷對於經營實業有特殊的長才，但也不可忘記當初張之洞建廠的魄力與雄心。

## 甲午戰爭前的建樹

前文提到在張之洞一生中，做官待得最久的地方便是兩湖，從光緒十五年到光緒三十三年（一八八九至一九〇七年）調回北京任軍機大臣，前後約有十八年。在這十八年中，他除了完成他在兩廣未完成的各工廠建設外，在各地也多有興作。由他常說湖北是他第二故鄉，可見他對兩湖投下的心力與感情。

在擔任湖廣總督這十八年中，曾兩度因暫代兩江總督的職務而離開本職。第一次在光緒二十年（一八九四年）中日甲午戰爭爆發，清廷爲鎭守邊關，授命湘軍出身、當時的兩江總督劉坤一爲欽差大臣，駐守「天下第一關」山海關，因此張之洞暫代兩江總督爲期約一年。第二次是光緒二十八年（一九〇二年）兩江總督劉坤一去世，清廷命張之洞迅速前往兼代，這次時間更短，前後不過三個月。

張之洞在到達兩湖後，除了將在兩廣未完成的織布、槍炮、煉鐵等廠，繼續在湖北興建完成外，還是沒有忘記他最關心的教育問題。到任不久，便到經心、江漢各書院視察，發現這些書院大都老舊不堪，且規模太小，於是重新合併整修擴建，於光緒十七年（一八九一年）春落成，定名爲兩湖書院。除傳統教學的兩湖書院外，張之洞還在光緒十八年（一八九二年）六月成立方言商務學堂，專門教授各國語言文字及講求商務。光緒十九年（一八九三年）十月，在湖北省省城市內，設立自強學堂，專門講授西學，但後來因受戊戌政變的影響，加上自強學堂內有些學生酗酒鬧事，所以又增加了各種漢文課程。

張之洞在兩湖除了一向重視的教育、工業、交通（武漢各馬路之建設）、守備（長江沿岸十四座炮台之修建）多有建樹外，另外有兩件事雖然失敗，但仍值得提出，以顯現他對民生經濟的力求改革，這在當時各級清廷官吏中，實屬難得一見。張之洞有鑑於茶與棉一向爲湖北的土產出口大宗，且茶葉又爲中國的特產，質味最佳，但因種植、採收及製造各方面的技術欠佳，嚴重影響品質，使銷路大量減少，於是在光緒十七年（一八九一年）頒定《製茶議》。條例中有關採茶、製茶、揀茶及出售、裝箱等事宜，講求改良生產，以廣銷路。後來又提倡富商集股購買機器製茶，以提高品質。但遭商人以機器製茶滯銷爲藉口，而無法實行，所以湖北的茶仍以固陋的手工法生產，無法改革進步。

第二件是對於棉花的改良，他於光緒十八年（一八九二年）電請清廷各駐外使節，選購適合湖北種植的優良棉子，寄來湖北，分送各地棉戶種植，但因第一年（光緒十九年，一八九三年）種子收到的時間稍遲，所以種植時已逾節候，加上栽種過密，所以收成反而不如從前。於是他刊發《種棉章程》，希望民眾依法種植，光緒二十年（一八九四年），他又發美國棉子給各棉戶試種，但因去年的經驗，加以推廣乏人，人民多不願改種，以致棉種的改良也告失敗。

雖然茶、棉的改良都因地方反對，且張本人未用全力而告失敗，但由此可以看出張之洞對農業及經濟作物的重視，想以改善國民經濟能力以求富，作為中國近代化的目標，這和李鴻章等人直接主張船堅炮利以求強的自強運動已完全不同，是一條由富致強的現代化路線，而這種「先富後強」的主張顯然是深受傳統儒家民本思想的影響。

## 彈劾

張之洞在兩湖的各項建設，都受到很大的阻礙，這其中除了保守勢力的反對外，專業知識及經驗的不足也是原因之一。但這諸多原因中最主要的阻力還是來自經費不足。當時滿清政府在不斷的戰爭賠款之下，本身已像是一個沒落的大戶人家，平日各種費用都已非常拮据，如遇到各種大事，更需要各地方政府分攤經費，哪還有錢資助各地方的重大建設。

當張之洞任兩廣總督時，因廣州是最早也是最重要的通商港埠之一，殷實的大商賈還算不少，所以籌措經費並不算太困難。可是調至兩湖之後情況便大不如前，從民間取得的經費已十分有限，幸好當時朝中得勢的醇親王奕譞大力支持他，在經費方面特別給予方便。可是他這種大花費大建設的作風，終於引起朝中反對人士的抨擊。光緒十九年（一八九三年）正月，大理寺卿（如今日最高法院的法官）徐致祥上了一份奏摺，重重的彈劾張之洞「辜恩負職」，說他在任兩廣總督之時：

懶見僚屬，用人不公，興居無節，苛罰濫用。

而擔任湖廣總督又以辦理煉鐵、開礦等藉口浪擲經費：

今日開鐵礦，明日開煤礦，附和者接踵而來，此處耗五萬，彼處耗十萬，主持者日不暇給，浪擲正供迄無成效。

這份彈劾立刻引起朝中的回應，清廷命當時的兩江總督劉坤一、兩廣總督李瀚章查核，此案最後雖以查非實情而結案，但從此案中也可印證一般野史傳說之中，常說張之洞性情古怪，生活脫略（不拘小節），如胡思敬所著《國聞備乘》中說：

直隸人聽說張之洞被調回京師（光緒三十三年，內召為軍機大臣），都非常高興，京中各衙門的官員便在湖廣會館宴請張之洞……張之洞三天前便已收到請柬，而當日也有許多人前往催促，最後張之洞還是藉故推託沒來參加宴席。使鹿傳霖、徐世昌等人忍飢等到二更，才掃興散去。一般傳說張之洞性情怪僻，有時整夜不睡覺。有時幾個月不剃髮。有時半夜叫廚子準備酒菜，稍有不如意，便將手下拖出去打一頓。有時白天坐在內廳宣淫。有時出門謝客，客人穿著整齊出來迎接時，他卻躺臥在轎中不起來。他一生中各種行為都十分乖違誤謬。

《春冰野乘》中也曾記載：

有一次張之洞在陶然亭宴請公車（入京參加會試的舉人）名士，可是卻忘了準備菜餚。

並說張之洞自己曾說：

我前生本是一隻老猿，所以能十餘個晚上不閉目睡覺。

所以他被當時一般人視爲奇異怪誕之人，祇是大家對他這怪異行爲不但不十分討厭，而且覺得有幾分可愛：

豈唯不可厭，且有可愛者在焉。

不論張之洞在生活上或性格上有多少缺點，卻無損他一生廉潔的操守，以及對清廷慈禧的忠心不二。這個彈劾案不但顯露出張之洞在日常生活上的不拘小節，也使他對原本就十分小心的政治前途，更加小心謹慎，這或許是日後戊戌政變時害怕被牽連彈劾，而未能及時營救自己的愛徒楊銳的原因之一吧！

## 甲午戰爭

正當張之洞被徐致祥彈劾的同時，朝鮮的東學黨人開始作亂，次年光緒二十年（一八九四年）歲次甲午，年初東學黨再度作亂，當時日本已完成作戰準備，決心與清廷一戰，以便在中國取得更多的利益。所以一面誘迫中國出兵援助朝鮮平定東學黨之亂，一面同時宣布：「日本出兵朝鮮保衛僑民。」使中日兩軍同時進駐朝鮮。五月東學黨之亂大致已平定，日本看中國並無任何作戰準備，所以非但不撤兵，反而增加兵援，當時主其事的大臣李鴻章原希望各國出面調停，迫使日本撤軍，可是各國在日本保證不損及他國利益下都放手不管。

六月二十三日，日本海軍在大東溝口外的豐島，公然攻擊清廷運兵船高陞號及護送的濟源等三艘軍艦，結果高陞號被擊沉、濟源號逃亡時觸礁擱淺、廣乙艦重傷、操江艦被俘。日本陸軍也在同時進攻駐守在牙山的清軍。此刻滿清朝野已掀起一片應戰的浪潮，最後中、日兩國終於在光緒二十年（一八九四年）七月一日同時宣戰，正式揭開了中日甲午戰爭的序幕。

當中日正式作戰的消息傳來之後，坐鎮兩湖的張之洞一方面親自出省，到田家鎮巡防沿江各炮台布置及防務，奏派提督吳鳳柱帶領馬勇（騎兵隊）三營，立刻馳赴天津聽候調遣，後來吳鳳柱這支騎兵隊伍又增募新兵，移駐到山海關，可是軍餉一直由湖北供應。另一方面積極收購新型的槍炮彈藥，供應途經兩湖調往戰區的各軍隊使用。

雖然張之洞在兩湖發揮他「老猿」的本能，夜以繼日不眠不休的籌餉、籌械、籌運，可是前方的戰事卻不樂觀，開戰才一個多月，不但北洋海軍在黃海海戰一舉被擊潰，陸軍更是節節敗退，終使平壤不保。九月二十二日，日軍已逼近鴨綠江，準備渡江攻打中國本土。這時清政府已感到李鴻章所率領的淮軍，實在無法繼續作戰，於是電召兩江總督湘軍老人劉坤一，來京晉見，而命張之洞暫時代理兩江總督的職務。

劉坤一雖爲湘軍老人，但事實上卻無任何實戰經驗，而且當時年事已高（六十五歲），後來並未發揮多大作用，所以有些人把他的形象描繪成鴉片煙癮奇大、妻妾衆多，十分不堪。平心而論，劉也確非陣前督戰的最佳人選。可是當十二月，李鴻章請求再派重臣代替督師時，清廷即授命劉坤一爲欽差大臣，駐守山海關，節制各軍。劉坤一到山海關之後，因各將領與他素不相識，且他又無良策作戰，所以白白擁有一百二十營，六萬多兵衆，卻無任何戰績，可是這一授命卻使原先暫代他職務的張之洞，一代就代理了一年多的時間。

## 甲午戰爭在兩江所做的努力

光緒二十年（一八九四年）十月十一日，張之洞因暫代兩江總督而來到江寧（南京舊稱），這次情形與光緒十年（一八八四年），他受命署理兩廣總督時情形相似，都是前方在作戰時，臨危受命，祇是這次離戰區較遠而已。所以他仍以先前的經驗來準備一切，一方面大力向境內富商籌募軍餉，支援前線作戰；一方面積極部署境內各重要據點，再度起用中法戰爭時的老英雄馮子材，命他招募粵勇（廣東軍隊）十營來江南，辦理吳淞一帶沿海的防務。並設北上諸軍轉運局，努力使途經江南而到前線作戰的軍隊，能得到武器裝備及補給。

張之洞在江南爲戰爭所做的這些努力，對這場戰爭似乎並沒有產生太大作用，因爲此時在前線作戰的清兵，除了敗退，還是敗退，開戰還不到三個月，清廷就已經無法也無心再戰下去，頻頻透過各國向日本求和。光緒二十一年（一八九五年）正月十九日，清廷命李鴻章爲頭等全權大臣，赴日訂約。不久有關停戰條約中，割讓遼東半島及台灣、澎湖的消息傳到後，張之洞立刻電奏力陳割讓之害，請求設法補救。

二月二十日馬關議約停戰，台灣並不在停戰之內，所以清廷下旨要張之洞密籌槍枝彈藥，資助台灣。張之洞雖然立刻著手籌措，並撥送了槍一千六百多支，彈藥一百餘萬發，可是當馬關條約正式簽定，日軍要接收台灣時，張之洞卻又奉旨停止協助台灣餉械。五月初二，台灣人民為反對被割讓給日本，於是組成「台灣民主國」，推當時台灣巡撫唐景崧為總統，五月二十九日唐景崧來到南京要求協助，可是張之洞卻以他一貫的保守小心，完全遵循清廷的旨令，沒有給予台灣任何支援。以當時台灣同胞抗日的情況看來，如果張之洞不顧清廷旨意，以財賦最多的兩江資助台灣抗日，也許中日甲午戰爭將有更精彩的續集。

## 甲午戰後的矛盾

中日甲午戰爭終於在令人恥辱痛心的馬關條約簽訂後正式結束。在戰爭中，清軍官兵毫無鬥志，爭相脫逃，可說是「將帥有苟且之心，士卒無必死之志」，被日軍譏諷為「雞蛋軍」。以這場戰爭和十年前的中法戰爭相較，中法越南之役雖然在巴黎和議上，中國喪失了越南的宗主權，但在戰場上中國人並沒有輸，而且還在諒山之役中給了法國人狠狠的一擊，所以在中法戰爭結束後，中國人認為自己還有希望，所以有心人士紛紛展開「自強運動」，希望能從此「奮發圖強」。可是「自強」了十年的甲午戰爭，中國陸、海兩軍卻不堪一擊。這場戰爭不但輸了戰場上的爭鬥，也輸了中國人對清政府的信心，從此中國從政者的思想大致分為兩派：一派是消極論者，認為中國永遠無法自強，永遠無法趕上西洋的船堅炮利，所以更趨保守退縮，其中不乏認為國之將亡，能撈多少就撈多少的無恥之徒。另一派則主張要以更激烈的非常手段從事徹底的改革，而提出維新立憲的主張。這兩種思想的相互鬥爭，也就種下日後戊戌變法與戊戌政變的種子。最後保守勢力雖一度獲勝，卻加速了大清帝國國祚的結束。

而張之洞在此時也面臨這兩難的問題：一方面他不但贊成改革，而且一直是改革運動的實行者；另一方面他卻不容許任何人對最需要改革、最需要進步的大清帝國體制本身，也可以說是慈禧太后，有一絲一毫的不敬。他這種矛盾在結識「維新派」的各領導人之後，更形凸顯。所以他就必須在這種矛盾中，求得一合理的立足點，來化解二者的對立。他在光緒二十四年（一八九八年）初，完成了為他在清末思想史上立下不朽地位的《勸學篇》，提出了「中學為體，西學為用」的說法。其中，「體」、「用」兩者不但化解了他思想中改革與保守的矛盾，也為風雨飄搖的清末政權，找到了安身立命的理論基礎，所以《勸學篇》的奏摺一上，立刻受到清廷的重視，而他自己也因此免受戊戌六君子的株連。

# 五、甲午戰後到戊戌政變

## 甲午戰後對兩江的建設

張之洞暫代兩江總督的職務，完全是因爲甲午戰爭的關係，如今戰爭已經結束，所以他隨時可能結束代理，返回湖廣總督任所，因此依理應無重大建樹。可是張之洞卻不論身分，不管時間，仍本著他所到之處必有大建設、大改革的一貫原則，在短短半年多內，對兩江也有一番作爲。

首先，當他接到前方戰事連連挫敗的消息時，又眼見江南軍隊散漫無紀，長江沿岸的防務更是老舊不堪，所以決心改革江南的軍隊及防務。有鑑於日本聘請德籍教練訓練軍隊，因而軍容整齊強大，所以也仿效德國軍制，禮聘德籍教練，訓練一支包括馬、步、炮隊十二營，工程隊一營，總數約一萬人的江南新軍，稱爲「自強軍」。且購得西洋新型巨炮五十餘尊，在長江沿岸建炮台二十餘座，這是江南各地首次建造的後膛炮及西式炮台。

張之洞除了建立自強新軍，設立長江各炮台外，並整頓太湖水軍，以及徹底改革江南各路軍隊原有的種種積弊，奏請調派兩位沙場老將，馮子材守海洲（江蘇、東海），朱洪章（貴州開泰縣人，在同治三年（一八六四年）曾國荃率眾攻入金陵時，立有大功）守金山（江蘇、鎮江南北）。這才使戰敗之初，謠言滿天，沿海各地人人惶恐，風雨飄搖之際，得到穩定人心的作用。

除了軍事改革外，他也很重視各種民生經濟建設，在上海、通州籌設紗絲廠，以利用江蘇盛產的棉花及蠶絲。並鋪設上海華商薈集的精華區十六鋪至龍華的馬路，這條馬路的鋪設，不但擴展了華商在上海建廠、建碼頭的用地，同時也阻止了法人想拓展租界區的野心。

在南京他設立躉船（停靠在碼頭上的大船，用來裝卸貨物、供旅客上下，而不能開行的），方便船隻的停泊及貨物的裝卸。且南京在經過太平天國之亂後，到當時雖已有三十年，但市內仍未復建完成，遼闊的城市，市景蕭條。因此他在南京市內廣築馬路，想以方便的交通，吸引人們返回南京重建家園，並收到立竿見影的效果，爲南京的復建開創了契機。

另外他也籌措經費，計畫疏濬睢水，睢水經江蘇、安徽、河南三省，但因受黃河日益淤淺影響，亦逐段淤淺，每當雨季常有水災發生。經地方官員勘定，疏濬工程需經費十萬兩。所以張之洞奏請，將查抄衛汝貴（淮軍將領，因甲午戰敗而遭革職查辦）的產業充作工程費用，才使這項關係著江、皖、豫三省人民生命財產的重大工程得以動工。誰知道當張之洞返回湖廣任所後，安徽巡撫卻以泗州（安徽省境）人民反對為理由，下令停辦，由此可見清末一般官吏的顢頇無能。最後還是在張之洞的堅持下，才繼續施工完成。

## 結識維新派領袖

在清末諸多自強維新的聲浪中，有一股由康有爲及其學生梁啓超等人所提出的變法維新。甲午戰敗後，康有爲、梁啓超等人曾在北京聯合十八省來京會試的舉人一千多餘名，聯名奏請「拒和、遷都、練兵、變法」，這就是有名的「公車上書」，「公車上書」雖未立即獲得光緒帝的接受，但康有爲主張變法改革的名聲卻從此傳揚開，並在北京創立強學會。

光緒二十一年（一八九五年）十月，康有爲爲了要在上海成立強學會分會，南下江南，途經南京拜會張之洞。當時張之洞正因次子仁頲完婚未滿一年，便於九月二十二日半夜溺斃於總督署的池塘內，老年喪子（當時張之洞已五十九歲），心情當然十分悲痛，時時涕泣。這時張之洞的親信梁鼎芬便推薦康有爲等人，前來陪伴張之洞談論學術思想，以解喪子之痛，在梁鼎芬寫給張之洞的信中就曾提到：

> 比聞公傷悼不已，敬念無既。今思一排遣之法，長素（康有為）健談，可以終日相對。計每日午後，案牘（公文）少清，早飯共食，使之發揮中西之學，近時士夫之論，使人心開。

由此可知，張之洞與康有爲在這段時間內時有往來，對張之洞來說，或可排遣喪子之後哀痛的心情；對康有爲來說，是推銷自己主張變法思想的機會。

以當時的情況看來，康有爲等人急欲拉攏張之洞是可理解的。因爲當時康、梁等人正想找一位朝中重臣作爲變法維新派的龍頭老大。放眼清末政壇大老，能贊同自強維新，而且努力實行改革建設的，除張之洞外也寥寥無幾。因此，如果張之洞同意加入康梁陣營，不但康、梁等人的聲勢立刻壯大不少，而且可透過張之洞向清廷推動，使變法早日施行。可是康有爲等人在南京的努力似乎並沒成功，因爲當康有爲到上海後，希望能將張之洞列為贊助發起人，可是張之洞的覆電卻是：

群才薈集，不煩我（不需要我），請除名。捐費必寄。

由此可見張之洞並不願意與康、梁等維新派人士合為一氣，張之洞不願意的原因其實很簡單，康有為等人以公羊學說主張變法維新，也就是以改變時代政局來求維新的效果。而張之洞雖然所到之處都有許多維新及改革的措施，但他這些努力的最終目的，卻是在求清政府能長久保存而不變。所以雖然都是要維新改革，但兩者在政治立場與思想上確有明顯的差異。尤其到後來，康、梁學說為光緒帝所接受，所以變法革新首先就必須革去慈禧太后的大權，這更是一向對慈禧忠心耿耿的張之洞所不能接受的。但是他並沒有因此而全盤否定康、梁等人的維新運動，他不但允許康有為等人在他管轄的範圍內宣傳維新運動，並且給予維新派強學會及《時務報》金錢上的支持。

可是康、梁等人對張之洞沒有加入他們的陣營卻深感不滿，加上後來張之洞完成《勸學篇》，劃清與康、梁等人的關係，表示他忠君愛國，支持清政府，反民權的思想。甚至到最後他的愛徒楊銳入獄，都不及時援救。種種恩怨累積之下，使得維新派人士對張之洞恨之入骨，以致全盤否定張之洞的一切作爲、思想與人格。所以日後在梁啓超的大作中，也沒有給張之洞一個公平的評價。

## 返回湖廣總督任所

光緒二十一年（一八九五年）十一月十八日，清廷諭令劉坤一回兩江總督本任，張之洞回湖廣總督本任。次年（一八九六年）元月十七日雙方正式交接完畢。張之洞在返回湖北的途中，一面遊覽各地風光名勝，一面重拾擱置已久的詩興，沿途寫下不少詩句，現在僅抄錄其中兩首：

正月十七發金陵夕至牛渚　丙申年

牛渚春波淺漲時，武昌官柳已成絲；
東來溫嶠曾無效，西上陶桓抑可知。

小孤山

霧髻嵯峨插鏡空，山容孤與客心同；

明波自惜青青影，不逐淘沙走向東。

但當他到湖北境內，立刻收拾詩興，馬不停蹄到各處視察，二十二日到田家鎮閱炮台，二十三日到大冶查看鐵礦，二十五日到江夏、馬鞍山觀看煤田情況，二十七日到漢陽視察煉鐵廠，二十八日從漢陽渡江到武昌，回湖廣總督任所。

張之洞回到兩湖之後，當然還是和他以往一樣，積極從事多方面的改革及建設，在此僅提對中國近代史產生重大影響（不論是正面或負面）的三項重大建設，分別說明如下：

首先是湖北新軍的設置。當張之洞返回武昌之後，立刻將他在江南訓練的自強新軍中護軍前營調來湖北，並擴大募選新兵，將江南那一套訓練新軍的方式，更徹底的在湖北施行。在七月創設武備學堂，以教育軍中儲備將校人才，並選派表現優異的軍官到日本考察有關陸軍編制情形。這支湖北新軍在不斷的擴充、教育、整編之下，終於在光緒三十二年（一九〇六年）正式完成，成爲清末新軍中評價僅次於北洋的精銳部隊。張之洞苦心訓練這支軍隊的目的，是在保衛大清帝國的國祚綿延長遠。但他哪能預料，他死後第三年，國民革命軍就是以湖北新軍爲基礎，發動武昌起義，一舉推翻了腐敗無能的滿清政府，結束了大清帝國二百六十八年的國祚。

其次是盧漢鐵路的正式興建。光緒二十二年（一八九六年）五月，張之洞再度派遣盧漢鐵路預定經過的各知縣，勘察沿途情形，以作爲造路的依據。七月他奏請盧漢鐵路招商承辦，並與當時的直隸總督王文韶往返電商，保薦盛宣懷爲盧漢鐵路總辦。二十三年（一八九七年）九月，和比利時簽定借款協約。十月漢陽、孝感路段開工興建。可惜光緒二十六年（一九〇〇年）北方發生義和團拳亂，迫使築路工程暫停。拳亂平定之後，南北兩頭一齊趕工興建，工程雖然艱困，但在盛宣懷親自監工督造下，終於在光緒三十一年（一九〇五年）三月，全路完工。十月奉旨派唐紹儀會同盛宣懷驗收盧漢鐵路工程，十七日舉行落成典禮，直隸總督袁世凱，以及法、比駐京公使都參加典禮，當日全線通車，奏請命名京漢鐵路。

從光緒十五年（一八八九年）張之洞奏請興建盧漢鐵路，到三十二年（一九〇六年）的全線完工，前後共經十七年，才完成盧漢鐵路的興建，在實質上，對中國中部南北交通的貢獻頗大；在精神上，不啻爲中國近代化運動打下了一支強心劑，朝野人心鼓舞。且因盧漢鐵路對中國的交通帶來極大的便利，帶動了一股興建鐵路的風潮。因此也產生了新的問題，因興建鐵路費用龐大，而清末民窮財盡，必須借用外款築路，外人就以此千方百計想侵奪我國路權，後來粵漢鐵路路權就有糾紛，最後還是賴於張之洞的交涉溝通，才將粵漢鐵路的路權收回。

第三是銅元的鑄造。張之洞有鑑於從光緒中葉以後，銅元與銀元的實際價值高於錢幣的面值，引起一些不肖的奸商莠民將通行的貨幣銷毀，而將銅、銀運往外洋銷售，可獲得三倍以上的暴利。因此造成市面貨幣短缺，一般商人人民都感到極不方便。所以當張之洞接任湖廣總督後，不久就開始籌備重新鑄造銀元，以謀求補救。

光緒十九年（一八九三年）八月，奏請在省城的洗馬街籌設湖北銀元局，購買製造機器，採購外洋銀條，生產銀元。並替東三省、雲、貴、四川各省鑄造小銀元，每年收入超過百萬。二十三年（一八九七年）再設造銅錢局，後歸併於銀元局中。

這些用意原來都很好，可是到後來，一則因為有利可圖，各省爭相增鑄，使銅元的價值大為貶值。二則張之洞所主持的各大建設都需要龐大的經費。所以採行陳衍（一八五六～一九三七，近代文學家，詩才清俊，曾為張之洞幕客）的建議，在光緒二十八年（一九〇二年）八月，設銅幣局，銷毀制錢，改鑄銅元。

但原先十制錢等於一銅元，可是改鑄時，卻是銷毀制錢三枚，但改鑄銅元一枚。使銅元數目大量增加，這雖然在短時期內帶給張之洞充裕的建設經費，但貨幣量的大量增加，引起通貨膨脹，物價上漲。再加上各省看有利可圖，紛紛效法，使銅元嚴重貶值，通貨膨脹更加嚴重，物價飛漲，此一負面影響，一直到民國初年，仍無法消除，所以張之洞此一失敗的貨幣政策，是後人時時詬病的地方。

## 《勸學篇》的時代背景

光緒二十四年（一八九八年）三月，張之洞撰寫完成他一生思想成熟的代表作《勸學篇》，幾經修改到五月篆刻成書。這本書以「中體西用」爲主旨，不但對西風東漸後，中國人應如何自處，提出了相當明白的因應之道，也使一般人在甲午戰敗後，各種過激的變法維新言論中，得到一較合理較溫和的立足點。所以雖然當時康、梁變法維新運動正在如火如荼的展開，可是《勸學篇》一奏呈上去，立刻獲得清廷的重視，諭旨通令「頒發全國督撫學政各一部」。一夕之間成爲全國性的教育及學術思想最高指導原則，「中體西用」時代從此開始。

事實上，《勸學篇》中所提出「中學爲體，西學爲用」的思想，並不是甲午戰爭後的產物，更不是張之洞個人獨創的見解。早在咸豐十一年（一八六一年）張之洞才二十五歲的時候，中國近代維新思想的先驅人物馮桂芬（一八〇九～一八七四，江蘇吳縣人，道光進士），就已提倡以「中國之倫常名教爲原本，輔以諸國富強之術」爲救國之善策了。光緒五年（一八七九年），當時出使英國的大臣薛福成（一八三八～一八九四，江蘇無錫人，同治貢生，奉使英、法、義、比諸國）也提出類似的主張。但是在甲午戰爭以前，這些主張祇不過代表少數先驅人物的意見而已，並沒有得到大家的注意及認同。

「中體西用」既然早已有人提及，爲什麼卻在張之洞的《勸學篇》才大放異彩，特別引人注意呢？簡單的說就是「時機」二字。張之洞選擇了一個最恰當的時機，適時提出。那就是甲午戰後，變法維新思想盛行之時。當然他的聲譽地位和清廷對他的倚重，也是助力之一。

鴉片戰爭以後，清政府被外國打敗過不少次，也簽訂了許多不平等條約，但沒有一次敗得像甲午戰爭一樣可恥，也沒有一個條約像馬關條約一樣令人痛心。甲午戰敗後，中國正一步步走向被列強瓜分的命運。因此民情激憤，各種要求更徹底改革的聲浪紛紛響起。其中最惹人注意的，是維新黨中少數人物在政治思想上的激烈言論。由於這些言論，激起衛道保守官紳的攻擊，而形成新舊二派的思想衝突相持不下，正如張之洞在《勸學篇・序》中所說：

圖救時者，言新學；慮害道者，守舊學，莫衷於一。

在這新舊思想激烈衝突時，如果雙方不能相互合作，而是彼此排斥詆毀，勢必將造成政治思想分裂，加重亡國的危機。張之洞鑑於眼前思想對立的局面，在他認爲道統維護與改革維新，都是同時需要的，如果祇是偏執一方都將有所缺失，所以他在《勸學篇・序》中說：

舊者（保守派）不知通，新者（維新派）不知本。不知通者，無應敵制變之術；不知本者，則有菲薄名教之心。

爲了解決新舊思想的衝突，於是他作《勸學篇》，重新提出「中體西用」的思想，並充實內容，分篇說明。使「中體西用」說，由理論思想成爲具體可行的規章條文。在《勸學篇》中，新舊兩種思想，都有各自的立足點及發展空間。所以書一印成，立刻獲得大家普遍的接受。

事實上在任何一個新舊交替的時代中，過分的激進及過度的保守，都是屬於少數，大部分的有識之士的思想都是傾向溫和的改革，祇是要看主政者到底有多少誠意來接受這種溫和的改革。在當時代表溫和改革主張的《勸學篇》雖然得到大家的推崇，可是不久之後戊戌政變成功，保守勢力獲得全勝，關閉了一切改革之門，迫使中國人心忍無可忍，一步步走向激進的改革主義，終於爆發了國民革命，以武力推翻腐敗無能的滿清政府。

## 《勸學篇》的內容

《勸學篇》既是張之洞個人思想成熟的代表作，又是當時全國性的教育及學術思想最高指導原則，在此我們來看看《勸學篇》的內容到底寫了些什麼。

在《勸學篇》中，張之洞將其理論分爲內外兩篇。內篇又分爲九篇，所說的都是「求仁之事」，主旨在「務本以正人心」。外篇共分爲十五篇，所說的皆是「求智求勇之事」，立意在「務通以開風氣」。

在內篇中首篇爲「同心」；他認爲當此艱危之世，國人必須同心以救弊，才能挽回目前的頹勢。而救今日之世變不外有三大目標，即保國家、保聖教與保華種，而這三大目標合爲一心，故謂之同心。

第二篇爲「教忠」；他認爲國人不但要忠於國，而且要忠於清朝，並列舉了清朝十五種仁政，在這裡他表現出強烈忠於清王朝的思想。

第三篇爲「明綱」；他認爲三綱（君臣、父子、夫婦）是中國道德最基本的原則。聖人之所以爲聖人，中國之所以爲中國，原因即在於此。

第四篇爲「知類」；他認爲種族有別，西方人歧視其他種族人，亞洲是黃種人的世界，也是中國文化被及的地方，所以當在中國的領導下，共拒西方白種人的侵略。

第五篇爲「宗經」；他認爲要重振中國的傳統，祇有從尊經崇儒入手，而尊經崇儒最簡要的辦法，就是讀書人要堅守祇讀經書的信條。

第六篇爲「正權」；他認爲提倡民權是一種邪說，所以他說：「民權之說無一益而有百害。」「民權之說一倡，愚民必喜，亂民必作，紀綱不行，大亂四起。」在這一點上，他是徹底的保守派。

第七篇爲「循序」；他認爲「先入者爲主」，所以學習西學之前，必須先通中學，如此才不至於數典忘祖。

第八篇爲「守約」；他認爲「欲中國存中學，則不得不講西學」，而講求西學，必須先以中學爲根本，然後才能取人之長，補己之短，不爲西方邪說所惑。

內篇最後一篇爲「去毒」；他認爲洋煙（鴉片）是造成中國廢人才、弱兵氣、耗財力的主要原因。禁煙應當由興學做起，而興學的目的則在重振孔孟之道，使國人明恥知勇，然後才能有所作爲。

外篇的首篇爲「益智」；他認爲「自強生於力，力生於智，智生於學」，所以要重視開啓民智的教育問題。

第二篇爲「遊學」；他主張送學生到外國去留學，而各國之中，又以日本爲最佳。就是因爲他這主張，所以造成日後中國派遣大批留學生前往日本，因此在日本形成一股強大的革命勢力。

第三篇爲「設學」；他認爲要造就人才就必須廣設學堂，他並擬定一套設學堂的辦法，以京師及省會設大學堂，道府設中學堂，州縣設小學堂。

第四篇爲「學制」；他主張考試制度，各學堂學生考試及格發給憑照，國家錄用。

第五篇爲「廣譯」；他認爲「譯西書者功近而效」，爲中年已做官者接受西洋知識快速有效的方法，他並提倡「譯西書不如譯東書」，所以日後由日文轉譯西書蔚成風氣。

第六篇爲「閱報」；他認爲報紙對國人的好處，最重要的是「知病」，知道自己的缺點，其次才爲「博聞」。

第七篇爲「變法」；他認爲天下事物分爲兩類，一爲道，道爲本，故不能變。一爲法，法是人類的技藝部分所以能變。

第八篇爲「變科舉」；他主張將科舉改爲三場分試，第一場考「中國經濟」（中國史事與本朝政治論），第二場考「西學經濟」（五洲各國之政、專門之藝），第三場考「四書五經」，三場都能合格者才能中式。

第九篇爲「農工商」；他主張採用西洋新法，講農工商學，才能使人民富足。

第十篇爲「兵學」、第十一篇爲「礦學」、第十二篇爲「鐵路」；他認爲這三者是西洋富強的根本原因，中國亟須仿效。

第十三篇爲「會通」；他認爲中西互相詆毀，是中西會通的障礙，要中西會通必須以中學爲本，再學西學，以補中學的不足。

第十四篇爲「非弭兵」；他主張富國強兵，強調兵對於國家，就好像人身上的氣，人不能無氣而生，國亦未有無兵而能存者。所以他十分反對當時有些人響應西方的弭兵之說。

外篇中最後一篇是「非攻教」；他鑑於當時教案是中西紛爭的根源，所以他勸導國人勿聽信流言，妄滋事端。祇要國勢日強，儒術日彰，則耶教不過如佛寺道觀，何能為害於我。

在這二十四篇中，除了「教忠」、「正權」兩篇，他是完全以滿清官員的立場發言外，其他各篇都表現出他愛中國的偉大情操，他一方面極力要保種、保國、保存中國傳統文化；另一方面他也希望借重西學，學習西學使中國能夠強大起來。所以直到今日，《勸學篇》仍是清末政治思想的代表作之一，也因此確立了張之洞在中國近代思想史上舉足輕重的地位。

## 《勸學篇》的影響

《勸學篇》除了受到光緒帝及慈禧的讚賞外，並一再被人翻刻，風行一時。保守者如當時反對維新運動最烈的湖南守舊鄉紳，編輯的《異教叢編》，也收錄了《勸學》中的「教忠」、「明綱」、「知類」、「正權」等篇，並讚嘆道：

> 張之洞真是官員中的佼佼者，《勸學篇》可力挽狂瀾，做中流砥柱。

不但如此，外國人對此書也相當注重，有英文譯本及法文譯本，英譯本甚至把名稱改爲《中國唯一的希望》，而倫敦會教士格利菲斯在他所寫的英譯本序言中，對張之洞更是推崇備至，稱讚他爲：

今日中國一個最偉大的人，中國沒有比這兩湖總督更為傑出的真正愛國者，與有才能的政治家。

而在這一片讚賞聲中，唯有維新派的人士對此書表示強烈的不滿，梁啓超先生甚至說：

此書十年以後，雖燒為灰燼，天下人猶將掩鼻。

當然維新派會如此評論《勸學篇》，羼雜了太多的感情與政治因素，有欠公允，不足爲據。

《勸學篇》雖然帶來了一股風潮，但事實上卻沒有發揮任何改革時政的效果，因爲書成之後沒有多久，在當年的八月六日，以慈禧爲首的守舊派發動戊戌政變，一舉奪回政權，慈禧復行垂簾聽政，光緒帝被幽禁在南海瀛台，戊戌六君子（楊銳、林旭、劉光第、譚嗣同、康廣仁、楊深秀）入獄處死。康有爲、梁啓超逃往國外，其他新黨也作鳥獸散。慈禧太后下詔停止一切新政，恢復舊觀，從此關閉了一切改革之路。而張之洞本身，也僅因有《勸學篇》與康、梁等人劃清界線，而免受牽連，在《清史稿．張之洞傳》中就曾記載：

二十四年，政變作，之洞先著《勸學篇》以見意，得免議。

因此連與他關係深厚的楊銳被捕，都不敢上書救援，更別說其他改革維新的建言。

所以《勸學篇》雖被譽爲「代表當時之時代精神」，但除了「內篇」各篇被慈禧用來作爲穩固滿清專制政權的理論基礎外，「外篇」各篇在當時清政府中根本就沒有發揮的餘地。到庚子之亂後，慈禧再言變法改革，一切都爲時已晚。

祇有張之洞個人在他職權範圍之內的兩湖，努力實行《勸學篇》中「中體西用」的精神，其中最具代表性的就是教育的改革。在《勸學篇》外篇十五篇中，就有七篇是討論有關教育的問題。

教育一直是張之洞十分關心的問題，他所到爲官之處必興學堂，早年當他擔任湖北學政、四川學政、山西巡撫時，因還未接觸到西方文明，所興建的書院都是傳統的中國書院。但當他擔任兩廣及湖廣總督後，因爲已接觸西方文明科技，所以他的教育思想變爲雙軌並行，也就是一方面仍設傳統的書院，以通經致用爲原則，其中以廣雅書院（廣東）和兩湖書院（湖北）爲代表；另一方面同時設新學堂，以「西主中輔」爲原則，如水陸師學堂（廣東）與自強學堂（湖北）。

可是在他有了「中體西用」思想之後，逐漸改變這種雙軌式的教育，他先是增加新式學堂的漢文課程，以及傳統書院西學科目，再逐漸改書院爲學堂，並創設新式中體西用的學堂，在這些學堂中，雖然日漸重視西方的科技實業教育，但仍須修讀中國學問的課程。張之洞在湖北所做的教育改革，使湖北教育走上了新的軌道，呈現了一片蓬勃的現象，但由這些新式學堂教導出來的學生，因受資歷限制與認知的不同，參加清政府工作的很少，參加革命運動的卻很多。不但對革命成功有很大貢獻，就是在辛亥革命成功後，對政局也發生很大的影響。

# 六、義和團之亂與東南互保

## 首鼠兩端

戊戌政變之後，張之洞因先前與新黨關係密切，所以在湖北總督府內韜光養晦，不敢再貿然進言，以免引起不必要的麻煩。可是這時慈禧太后卻給他出了一個難題，慈禧再度掌權後，亟欲除去光緒帝，想廢黜光緒帝再立新帝，戊戌政變立有首功，當時深得慈禧信任的榮祿，勸諫不聽，榮祿既怕因此遭到天下唾罵，又恐引起西洋各國的干涉，所以對慈禧獻策說：

> 朝廷不能單獨成立，必須靠大家的力量來維持。各封疆大臣信服，則天下人都不敢議論，我請求先私下觀察各封疆大臣的反應，再做決定也不晚。

於是慈禧命軍機處密電各地總督巡撫，徵詢廢帝的意見，當時李鴻章已因甲午戰敗而遭罷黜，封疆重臣首推兩江總督劉坤一，其次就是湖廣總督張之洞了。張之洞接到這個難題後，上了一份討好慈禧、令人非議的奏摺，其中明白表示：

權在太后，非疆臣所得干預。

所幸兩江總督劉坤一爲此一再諫言反對，並上電表示如果改立皇帝，將死諫而不奉詔，慈禧才打消罷黜光緒的舉動。

因此有人以此事來比較劉、張二人，說當光緒帝實行新政時，張之洞奉行頗力，而受倚重。劉坤一則因玩視（藐視）新政，而遭申斥。如今政局一變，兩人態度卻又隨之不同。因此稱讚劉坤一爲「無愧大臣風節」，而批評張之洞爲「首鼠（遲疑躊躇）兩端，有觀望苟且之嫌」。

但個人認爲，也許因爲劉坤一玩視新政，如今敏感時期才能理直氣壯的反對罷黜光緒，不會被人誣指爲新黨。而張之洞也就是因與新黨關係太密切，才不敢力保光緒，由胡思敬所撰的《國聞備乘》中，更可明顯看出張之洞當時舉棋不定的情況：

兩江總督劉坤一收到電文後，便邀張之洞一同上奏不可廢帝。張之洞原先同意，但後來又反悔，可是奏摺已經發出，張之洞便將傳遞奏摺的侍從官追回，畫去自己的名字，不參與合奏。劉坤一說：「張之洞在小事的時候非常勇敢，可是一遇大事卻如此膽怯，姑且讓他保存自己的身分地位，以為日後打算，我已老朽有何顧忌！」於是劉坤一便獨自一人挺身反對，電覆榮祿說：「君臣之義至重，中外之口難防。我就以此報效國家，也以此回報您榮祿中堂了。」

無論原因爲何，張之洞一向標榜傳統儒家忠君思想，但在國君（光緒）遭到被罷黜的危急時，卻因自己生死前途，不敢挺身而出，因此被人批評爲「軟滑」、「沒有風骨」，應該也算是罪有應得吧！可是在一兩年之後的庚子事變中，張之洞不但表現出有骨有格，而且有爲有守，成爲拯救中國厄運的中流砥柱，也是他政治生涯中最重要最光輝的一段。

## 庚子拳亂

光緒二十六年歲次庚子（一九〇〇年）五月二十五日，已遭群小煽動的慈禧憑著義和團的「神力」，正式下詔對世界宣戰，引起八國聯軍之役，中國幾將滅亡。

起初義和團又稱梅花拳，祇是咸豐、同治年間在山東一帶的鄉團組織，組成分子多是無知的鄉民，思想簡單，目的在健身保家，並無他圖。每年梅花季節亮拳（冬季農閒時約期聚會，比較拳勇）。光緒十三年（一八八七年），山東縣梨園屯發生教案，引起人民和教會互相仇視，使梅花拳逐漸演變成仇教的團體，進而希望能消滅洋人。

在他們簡單的思想中，認爲祇要有「神」相助，必定能將洋人全部消滅。這些「神」有些來自一般民眾所接觸的神怪及武俠小說，有些則將前朝的人物加以神格化。由於無知的地方官包庇縱容，義和團的聲勢已愈來愈大。

戊戌政變後，慈禧對外國偏袒光緒，保護康梁新黨分子又恨又怕，極想報復，便諭令北京附近直隸、山東、山西、奉天四個省興辦團練，守望相助。光緒二十五年（一八九九年）二月，又諭令各地充實並改良地方民團，從此義和團搖身一變，成爲政府承認而鼓勵的合法團體。參加的人愈來愈多，分子也愈來愈雜，一些白蓮教、八卦教、大刀會等也乘機滲入大肆活動。到了次年（一九〇〇年）四月，拳民已完全變質，不但組成分子混雜，並在涿州、保定一帶拆鐵路、毀電線、燒教堂、殺教徒，官兵無法制止，局勢非常嚴重。各國公使一面向清廷施壓力，一面回國搬救兵。

五月，慈禧與一班守舊大臣已深信義和團的「神力」，密召拳民入京，十餘天內數萬拳民湧入北京，慈禧召見拳民首領，加以獎勵，從此親貴大臣爭相信從，任何人只要用紅布或者黃布一包頭，就成了義和團的拳民；這時的北京已成爲瘋狂混亂的恐怖城市。

光緒皇帝當時雖已失勢，但仍率開明派的大臣痛哭力諫，視義和團爲亂民，主張剿平，不可因此和各國輕啓戰端。但慈禧太后及輔國公載瀾、大學士剛毅爲首的守舊派大臣卻失去判斷力，極端相信義和團的神力，力主開戰，終於在五月二十四日慈禧下令圍攻使館，二十五日正式下詔對世界宣戰。

對於慈禧這次瘋狂且無知的舉動，張之洞自始至終全力反對，完全不受可能影響政治前途而有所改變。並以他湖廣總督的地位及影響力，努力促成東南各省互保運動，不但使長江流域以南各省免受戰火的波及，也使風雨飄搖的中國免於被瓜分的命運。所以東南互保的成功，可以說是張之洞這一生中最偉大的功勳之一。

## 反對義和團

在義和團興起初期，張之洞正在湖北韜光養晦，並未表示任何意見，直到光緒二十六年（一九〇〇年）四月底義和團已鬧得非常嚴重，並損毀了正在興建中的盧漢鐵路北段，他才感到事態嚴重，如此發展下去，勢必危害全中國。於是他立刻（五月四日）上電總理大臣榮祿及直隸總督裕祿，要求迅速剿滅義和團。這是他請求剿滅義和團的第一份電文，他表示：

> 這是藉著與教會的糾紛來作戰，專為國生事挑釁，而且鐵路和教堂有何關係，可見實在是會匪，而絕非良民……況且各國必定會以保護教士教民為藉口，派兵前來處理，大局將很難收拾。

由此可看出張之洞反對義和團的理由有二：一爲義和團是會匪是亂民，二爲如此下去，必然引起西洋各國藉著保教保民的名義入侵。這兩點理由是他反對義和團的根本看法，自始至終從來不曾改變。在五月九日他致當時吏部左侍郎許景澄的電文中，更明白否定義和團的「天命神力」：

打著輔清滅洋的口號是會匪的故技，前年四川湖南一帶侵擾教堂，亂匪就是打著這個旗幟。如果因此姑息，是一大錯誤。說他們能避槍彈，更是謠言，如果說西洋兵士因此而害怕，更是錯誤啊！

但此時義和團在慈禧及守舊大臣支持下，聲勢更加猖獗，北京大亂。英國海軍提督西摩率各國聯軍兩千，由天津向北京進軍。五月十五日，日本使館書記杉山被殺，大局已不堪收拾。這時張之洞一面派專人到北方打探消息，一面力籌專餉，練兵一千，保護湖北境內的盧漢鐵路，因爲他實在不希望花了如此龐大精力與經費，才開始修築的盧漢鐵路，再遭到任何無知暴民的破壞。

五月十八日，兩江劉督電邀他聯名上奏，請剿義和團，他立刻同意，並在電文中加上：

從來邪術不能禦亂，亂民不能保國，外兵深入橫行，各省會匪四起。大局潰爛，悔不可追。

明確的表示出他視義和團爲亂民，與恐懼西洋各國入侵的憂慮。此時張之洞感到大局潰爛，必須各疆臣一致行動，才能產生力量。

所以在五月二十日他除了致電榮祿，堅決主張剿辦義和團外，並於次日通電山東、河南、山西、陝西各巡撫、直隸總督及布政使、兩江總督及鐵路總辦盛宣懷，要求查拿匪徒，戮力保護鐵路電線。他這個通電主要希望能引起北方疆臣的共鳴，來維持整個潰爛的大局。結果並不令他滿意，除了山東（袁世凱）、陝西（端方）兩位巡撫有較正面的答覆外，其他各地都不表支持。他眼見既然無法聯合其他北方各疆臣，力挽狂瀾，收拾即將殘破的家園，祇好退而求其次，尋求東南各省間的互保，以保長江以南不受亂民及戰火的波及。

## 東南互保

一般而言，東南各省互保運動，是指當時在上海的盛宣懷看大局非常不利，所以聯絡東南三大師——兩廣總督李鴻章、兩江總督劉坤一、湖廣總督張之洞，與上海各國領事在光緒二十六年（一九〇〇年）五月三十日簽訂的東南互保條約，中外互保。其中劉坤一因居兩江總督的地位，成爲東南互保的領銜者。

事實上，在此之前，長江流域的兩大總督（兩江、湖廣）已實際展開各種互保活動，其中又以張之洞出力最多，態度也最積極，這由兩方面可以看出：一，在聯絡南方各疆臣中，張之洞運用他的影響力。二，在防止西洋各軍進入長江流域中，也是運用張之洞「均勢思想」的外交政策。以下就這兩方面分別說明。

在南方各疆臣中，特別是長江流域，張之洞是深具影響力的。除了他本人轄下的湖北巡撫于蔭霖、湖南巡撫俞廉三外，江蘇巡撫鹿傳霖是他幼時同學，又是他的姊夫，安徽巡撫王之春是他的老部屬，浙江布政使惲祖翼原是他麾下辦洋務的得力幹員，長江巡閱使李秉衡曾受他推薦，對他有知遇之恩。所以這些人參加東南互保運動，或多或少是受到張之洞的影響。其中尤其是李秉衡（後仍率兵北上支援義和團，兵敗自殺）、鹿傳霖、于蔭霖三人思想保守，素來將義和團視爲「義民」，他們贊成東南互保，多是礙於張之洞的情面。

如五月二十四日，張之洞首次發起江鄂兩督、蘇皖贛鄂湘五巡撫、再加上長江巡閱使八人會銜電奏，力請剿辦義和團，俾與各國議商停戰。這個電報名義上是八人會奏，實際上是張之洞與于蔭霖先行擬稿發電，然後再徵求大家同意。由此可見，張之洞在長江流域疆臣中威望之高，並可明顯看出他為了東南互保，盡量利用他個人的聲望與關係，勇往直前。

其次是防止西洋軍隊進入長江。五月二十一日，英國駐南京領事與駐漢口領事，分別訪問劉坤一與張之洞，要求讓英軍進入長江，協助維持地方秩序。張之洞立即表示：

> 已嚴飭地方嚴拿會黨，戮力保護華洋商民教士。自信所轄部隊有能力維持地方治安，不需外兵協助。

並且建議：

> 長江以內由我（張之洞）與劉坤一兩人力任保護，吳淞口外則由英艦阻攔他國兵輪入江。

如此英軍不先進入長江，他國也勢必不敢入內。他這種利用列強互相牽制莫敢先發的「均勢」思想原則，立刻獲得劉坤一的同意。從此利用列強互相牽制的均勢，來保護東南各省的安全和權益，是張劉兩人共同的看法。在此同時，張之洞也以鐵腕手段，嚴懲亂民，以確實做到維持地方秩序，保護洋商教堂，作爲不需西洋各國介入最有力的證明。

雖然張之洞努力的在推行東南互保，但他與洋人之間都是口頭的承諾，而非正式契約，並沒有任何法律性的約束力。因此他所倡行的互保，必須經過一項條約的簽訂，使中外雙方的承諾合法化，才能發生約束雙方的效力，有關這一點張之洞並沒有做到。

當張之洞、劉坤一與各國商討有關東南互保時，上海中外官紳也在倡導與各國領事訂約互保的活動，領導此一活動的中心人物是盛宣懷。五月二十八日，盛宣懷急電李鴻章、劉坤一、張之洞，主張乘未奉旨之先，電飭上海道與各領事訂約，上海租界歸各國保護，長江內地歸督撫保護，互不騷擾。此一意見也正是張之洞與劉坤一的心聲，所以經盛宣懷建議後，兩人立即贊成，並派員到上海和盛宣懷等人與各領事商議訂約互保。

五月三十日，盛宣懷等人與各國領事舉行會議，並提出《上海長江內地通共章程九款草案》及《保護上海租界城廂內外章程十款》。這兩草案根本立意是在防止西洋軍隊進入長江，強占上海製造局、火藥庫及吳淞炮台。而長江兩督向各國承諾戮力保護洋商教士教堂教民，維持地方秩序。這正是當時各外國政府所希望的保護僑民商務安全。所以在上海訂約互保是由盛宣懷所倡導，以及長江兩督共同參與下完成。

六月一日，各國領事再度舉行領事會議，會後正式聲明：

某等茲欲使兩位制台得知，前在大沽各西國合兵提督曾出告示謂，此次用兵實為專攻團匪及阻撓救脱在京及他處遇險之西人而已。並欲申明：我各國之政府前時現今均無意在揚子江一帶進兵，不獨一國不如此做，合力亦不如此做。

經過這項聲明，使外兵不入駐長江內地獲得正式保證，而東南各省的互保也正式獲得各國政府文字的承認。

## 庚子議和與張李失和

正當張之洞等人倡導東南互保之時，北方的大局卻已潰爛至不堪收拾，聯軍自五月二十一日攻占大沽後，即揮軍急速西進。二十五日已抵北倉。六月十八日天津失陷，天津聯軍已達數萬人，但因各懷鬼胎，彼此猜忌，所以遲遲未向北京進攻。到七月三日，北京傳出端郡王載漪矯旨，殺了極力反對義和團的吏部左侍郎許景澄和太常寺卿袁昶。許、袁兩人都是張之洞初次任浙江鄉試副考官所錄取的得意門生，三人關係非比尋常，也有殺雞警猴之意，所以大家傳言張的湖廣總督也可能地位不保，張之洞這次卻沒因此退縮，仍一面上奏請剿義和團，一面努力維繫東南互保。

七月十日聯軍開始向北京進攻，直隸總督裕祿兵敗自殺，幫辦武衛軍事務李秉衡率大軍及義和團迎戰敗潰，仰藥而死，通州失陷。二十日聯軍攻進北京，次日慈禧偕光緒狼狽出奔，經懷來大同逃往太原，後至西安。

北京失陷後，清廷命全權大臣李鴻章與慶親王奕劻負責與各國談判。在談判的過程中，張之洞卻一反東南互保時積極變通的態度，表現出極爲保守，充滿了頑固狹隘的忠於滿清忠於慈禧的思想，也因此他與李鴻章兩人發生了很大的衝突。

先是張之洞反對聯俄。當聯軍逼近北京之時，中國南方重要大臣對依恃外力來調停議和，約可分為兩種意見。一是李鴻章、王之春主張依恃俄國。二是張之洞、劉坤一、盛宣懷則著重英、美、日三國，尤其張之洞對聯俄之說極為反對，曾電告王之春說：

長江各省斷不可說聯俄，此英日美所最忌，於東南大局有礙。

但最後不論是李鴻章的聯俄，或是張劉盛的聯英美日，想依恃外力停戰議和的目的都沒有達成，聯軍還是攻進北京。張之洞仍不放棄最後的努力，他於二十二日擅自會用劉坤一的名銜，致電上海各國總幹事，要求立即停攻北京，不驚兩宮，並限二十四小時答覆。上海各國領事對此電文極為不滿。當時聯軍已經攻占了北京，張之洞的電文當然毫無效力。

聯軍攻入北京，慈禧光緒兩宮出走後，中國與聯軍正式開始談判，首先聯軍開出了議和的先決條件，即「兩宮回鑾」與「懲辦禍首」。這兩個條件，不但使中國疆臣感到棘手，也形成張之洞與李鴻章的爭執。到正式議定和約大綱時，張李二人已到水火不容的地步，以下就分別說明。

## 兩宮回鑾及重定行都

當聯軍開始向北京進軍時，慈禧就已有西幸之意，李鴻章對此不表贊同，便電請張之洞等人共同上電諫阻，可是張之洞認爲李的主張太過於「孤注一擲」，相當冒險，他說：

> 西幸當然並非上策，但可暫避風頭。這次洋兵非攻進京城是不會停止的……就算他們對皇宮不加侵犯，但兩宮所受的凌侮、難堪與震驚是可想而知的……況且兩宮身陷重圍之中，將來議約之時各國可為所欲為，我國怎能立國？

所以抱持反對態度，主張一面西幸一面停戰，並明白告訴李鴻章等人說：

> 西幸洞不諫阻，拳匪護送則洞必諫阻。

到北京失陷，兩宮出走，聯軍開出以「兩宮回鑾」爲議和的先決條件時，張之洞更加堅持兩宮目前不能回鑾，因爲他覺得各國要求兩宮回京，有以慈禧爲禍首要加以懲戒的意味，恐因此而辱及國體，且他也認爲這是各國故意出的難題，要挾中國，眞正的目的並不在此，所以不將此視爲各國眞正的要求。後來證明張之洞這一推測是有幾分道理。

由於張之洞堅持反對兩宮回京，使和議一時無法召開，也使他和主持和議贊成兩京回京的李鴻章，關係更爲惡劣。到九月間，張之洞從日本那兒打聽到，各國所擬和約條文中有：中國須撤大沽及直隸沿海炮台，與外軍入駐北京大沽兩項。使他支持兩宮不可回鑾的意志更加堅定。因爲在大沽及直隸沿海中國不能設防，而外國軍隊又可入駐北京大沽，這使北京完全置於外力的控制之下，建都於此，必然事事受制於人，如何立國？

十月四日，英國水師提督西摩與漢口英領事法磊斯，到湖廣總督府拜訪張之洞。當時法磊斯告訴張之洞說，已奉英政府電諭，只須調開董福祥的部隊即可開議和談，不必等兩宮回鑾。西摩接著問張，兩宮是否有久都西安之意。張之洞含混回答說：

今日建都之地必須朝廷穩便，外交便利，兼而有之，方為合宜。將來鐵路修通，各國公使到陝亦便，何必回京。

張之洞本想以兩宮不回北京，來抵制各國不許中國在直隸沿海設防及外軍入駐京沽兩事。誰知道西摩回答說：「如不回鑾，以長江上游濱江處爲行都亦佳。」當然西摩會如此說，是因爲當時長江流域爲英國的勢力範圍。

西摩這一建議使張之洞大感興趣，因爲所謂長江上游濱江之處，就是指他管轄的武昌至荊州一帶，如果在此設行都，那他的地位必然可代直隸總督而爲全國疆臣的首領。所以他在當天就打電報給扈從（隨從天子車駕之人）西安的鹿傳霖說：

將來是否肯回北京，如果堅決不肯回北京，我擬有一策，請先暗中向慈禧提示，日後我再奏陳。

這時各國已放棄兩宮回鑾爲和議的先決條件。而張之洞所提出「東定行都」，奏請定荊州一帶爲行都，總署及各國使館設在長沙，立刻引起在西安的清政府興趣，一時衆說紛紜，各種不同地點的行都奏電紛紛呈上。

張之洞「更定行都」之說，最後在慶親王奕劻和李鴻章的堅決反對下，未能成為事實，他們認為張之洞的主張非常偏謬不可行：

鑾輿固不能隨便遊幸，各使尤不能聽我調度。

在兩宮回鑾的問題上，張之洞堅持不可回鑾，認為各國是藉此洩憤勒索，始終不為各國威脅所屈，實在是有他獨特見解及對清室效忠的具體表現。但後來衍生出更定行都的主張，使人感覺他在忠於滿清的背後，增添了不少自私的慾望。

## 懲辦禍首

懲辦禍首也是列強各國和議的先決條件，有關這一點，張之洞和李鴻章都主張清政府必須先履行各國的要求。但對禍首的確認與懲辦的程度，兩人卻有很大的差距，這也加深彼此間的不滿。張之洞是希望：

由清廷主動地去做，而且懲辦的人物由清廷自行決定，一切適可而止。其主要的目的在不傷及清廷的顏面下，來平洋人之怒。

而李鴻章卻認為：

此次戰亂，清廷主政的首腦人物有其過錯，應該負其實咎。故指定禍首人物，強迫清廷下詔懲辦，多少含有挾各國要求警戒清廷的意味在內。

清廷在各方的壓力下，終於在閏八月二日，首次下詔懲處義和團諸王大臣，多半是革爵議處，沒有一個被處決。這個詔令連主張「適可而止」的張之洞都覺得懲辦禍首未能徹底，那列強各國當然更不滿意。到了九月五日各國一致通牒，要求將載漪等十一位王公大臣一律正法。李、張等人以各種管道，和各國公使一再磋磨，希望能減輕禍首的處分，但都得不到各國的同意。而清廷又堅持「懿親（至親）不可加刑」之說，堅拒處死親王。這時盛宣懷稟承李鴻章的意旨，電劉坤一、張之洞兩人，希望能以李、劉、張三重臣的力量，迫使清廷按各國之意懲處禍首。

但張之洞得電後斷然拒絕，他表示：

十一人全誅斷辦不到，且亦不可。

他所顧忌的是中國的體制，不願因懲禍首，而傷害到皇室的體面與傳統的道德，使政府失去人民的信仰。另一方面他也擔心，以三位漢人大臣請求誅殺多位滿族王公，清朝無此體制。萬一激起朝廷的猜疑，將使大局更壞。但他仍電榮祿、鹿傳霖，希望能勸慈禧忍氣從長計處，多誅數人，最好能從次級幹部中湊成十數人，以搪塞各國的要求。後來清廷雖然再次下詔懲辦禍首，但一直都不能令各國滿意。

到了十月下旬，懲辦禍首的問題雖然還未解決，可是當時大局發生變化，俄國想吞併東北的野心已漸披露，而李鴻章又重病在身，各國希望能早日議定和約，安定中國大局，所以決定放棄懲辦禍首爲議和的先決條件，而轉列爲和約大綱十二款之一。最後在光緒二十七年（一九〇一年）正月三日，清廷第四次下詔懲辦禍首，一切均加重懲處，各國才感滿意，而懲處禍首之事才告正式解決。

在懲辦禍首的整個過程中，張之洞雖主張要懲處，但卻有兩個原則：一是要不傷及中國體制及顏面，所以也贊成「懿親不可加刑」；另一是他不願將臨陣殉難的人列為禍首之一，因為他認為他們行為雖愚昧可恨，卻也是一心忠君忠國。前者可能多少含有討好清廷的意味，但後者完全出於愛君愛國之心。但他這種想法卻助長了清廷抗拒懲兇的意志，使和議無法早日召開。

## 和約大綱

光緒二十六年（一九〇〇年）十月底，美國參贊向李鴻章送交各國公使決議的議和條款十二條，中國和各國正式開始議和，雙方都希望能盡快結束義和團之亂後的混亂局面。當時中國方面的全權大臣是慶親王奕劻和直隸總督李鴻章，張之洞和劉坤一雖為共同協助議和，但仍留在江南，並未到北京直接參與談判。可是四人之中卻以張之洞的態度最為積極，他覺得如果這些條款成為事實，那中國將成為「有自主之名，而無自主之實」的國家。而且他也相信十二款大綱雖不能更改，但仍當在各款細節中努力補救，以減低對國家的損傷。所以他說：

參與議論各條款的責任，大綱雖然不能更改，但其中各細目必仍當磋商，能補救一分，將來就少一分禍患。

因此他對和約條款中大小問題都銖兩必較，逐一磋磨，能爭回一分權益，必爭回一分權益。

雖然張之洞這一切都是爲了救國，但因他並未直接參加議和，所以他這種銖兩必較的態度，使李鴻章在與各國交涉後，常發生干預及掣肘的現象，李鴻章因此大感不滿。而張之洞也對李鴻章一切專擅，不與他商量感到不滿。兩人關係更加惡化。

到十一月，張之洞因聽說慶親王和李鴻章有可能和各國定約畫押，便在十一日致電鹿傳霖，要求清廷旨飭李鴻章等，和議各事容江鄂兩督與議。於是清廷下令：

現在所議的各條款，如果有必須參酌的地方，也應隨時和兩江、湖廣兩總督電商，互相斟酌考量。

因此李鴻章大爲不滿，想引張之洞入北京，直接參與和議，也分嘗當事人的苦頭。張之洞則竭力拒絕。此時張李之間的關係已惡劣到水火不容的地步。十一月十四日，慶親王與李鴻章合奏，痛斥張之洞所論各點爲不切實際的「書生之見」，他們認爲：

> 各國大使圍困日久，只是藉此空文洩憤，並未當面挑釁。如果我方仍在字句間多做要求，難免會自生枝節。張總督在外地任職多年，應該稍有閱歷，怎麼仍像二十年前在京任翰林時一樣，書生習氣太重。身在局外來論事當然都很容易。

對李鴻章指責他書生習氣太重，張之洞則在致劉坤一等人電文中反譏說：

> 書生習氣似較勝於中堂習氣。

清廷眼見張李關係既不友好，而張之洞對和約的態度又如此積極，所以有意將和議的地點，由北京移往上海，使主持東南互保的劉坤一、張之洞等人能實際參與和議，並希望以他們在東南互保的聲望，來影響各國，促成各國稍作讓步。這個意見張之洞非常贊成，並主張乾脆將會議地點移至南京，如此對江鄂兩督更爲方便。可是劉坤一對此卻極力反對，他認爲各國對此不會同意，而且：

生此波瀾，徒費津舌，延時日。

並更因考慮到各國可能因此而懷疑慶親王和李鴻章全權大臣的權限，使事情更爲棘手。因此更改和議地點未能成爲事實。

清廷因接受張之洞對和約所提出的各種意見，所以一再電諭李鴻章等人要仔細斟酌，與各國再三磋磨，可是各國公使卻希望李能早日簽押，這使李鴻章大感爲難，最後他便以各國的兵威來逼迫清廷允准畫押：

假如已經允許各國的條件，而我們卻不能畫押，各國必定會認為朝廷無信，我們全權大臣無權，如此不但不能商討撤兵事宜，也不能阻止他們再度進兵，關係利害太大。

清廷祇得勉強同意畫押，到十一月二十五日，慶親王和李鴻章在和約大綱十二款畫押，使庚子和議有了一個結束。

義和團帶來的災難到此總算有了終結，但已深深損傷了滿清王朝的生命力，在此之後，力保滿清國祚不墜的東南三大帥也開始凋零。李鴻章在次年（光緒二十七年，一九〇一年）辛丑條約簽訂後不久，便在俄使因東三省問題不斷逼迫下吐血身亡。再過一年（光緒二十八年，一九〇二年）劉坤一也病逝兩江總督任內。只剩下張之洞一人獨撐大局，但時代巨輪正向前推進，無論他多努力多效忠，終究無力回天，祇有眼見滿清一步步走向滅亡。

# 七、和議之後到調入軍機

## 萌生退意

庚子議和之後，張之洞雖仍爲俄據東三省問題，與劉坤一、盛宣懷聯名上奏，主張開放東三省，引各國通商以抗俄。甚至認爲即使各國效法，使內地開放通商，「中國正可藉此永存，亦未始不可」。也就是主張將中國生存的希望寄託於均勢思想、門戶開放之上。可是他這個論點並未被清廷接受，且被斥爲：

> 徒以空言，將使中國先受實禍。

不久李鴻章病逝，外交重任由慶親王奕劻負責，袁世凱因李鴻章的遺摺推薦：

> 環顧宇內，人才無出袁世凱右者。

擢升為直隸總督兼北洋大臣，從此北京形成慶袁相結的局面。兩宮回京後，中國政治外交重心當然又回到北京。劉坤一、張之洞等南方疆臣的影響力日益減少，且劉坤一向來政治野心較弱，當時又已年老體衰（當時劉坤一已年過七十，且於次年病逝），張之洞一人更獨木難支，所以東南互保時，張、劉等人活躍於中國政治、外交舞台成為曇花一現。到此時，張之洞衹有放棄中國這個大舞台，回到他湖廣的小舞台上。

所以義和團之亂以後，張之洞雖因「共保東南疆土盡心籌畫」，而賞加太子少保銜，可是卻因時勢及政策的不被接受，再度失去在中國大舞台一展長才的機會，這對政治慾望極大的張之洞來說，當然十分失望。這時他最鍾愛的長孫厚琨又墜馬身亡，白髮人送黑髮人，更加深了他哀痛的心情，親自為愛孫寫下感慨之詞句：

宗愨墜馬竟戕生，
負我期望。
乘長風破遠浪之志，
汪錡雖殤亦何憾！
恨汝未能執干戈衛社稷而亡。

（宗愨：南朝宋南陽人。年少時叔父宗炳問他將來志願時，他回答說：「願乘風破萬里浪。」後來果然屢立戰功，加官封爵。）

他將愛孫比擬為少有大志的宗愨、汪錡，可見他對這個孫子的冀望之深，如今死於非命，失望也就更大了，在他寫給鹿傳霖的電文中，竟有罷官回鄉之意：

自長孫罹難，病益加劇，不久當請罷回籍。

當然這和二十五年前他四十歲與王夫人新婚時，想辭官歸里一樣，祇說說罷了，沒有任何具體請辭的行動。在悲傷過後，他又重拾精神繼續做他的封疆大臣——湖廣總督。

當時慈禧經庚子事變之深痛教訓，知非變法不足以收拾失去的人心，於是在光緒二十六年（一九〇〇年）十二月，以德宗名義宣布變法。慈禧會宣布變法完全是迫於情勢，籠絡人心之計，一般朝臣也知如此，所以多敷衍了事，祇有張之洞仍像上次戊戌變法時一樣，一面與劉坤一會奏變法三摺，一面在兩湖地方以更新的觀念從事各種改革及建設。

## 獄政與警察

庚子事變後，張之洞除仍在兩湖繼續他鐵路、教育、財政、武備、工業、農業等各項建設與改革外，他又吸取日本及西洋各國新的經驗，提出獄政的改良及警察制度的設立，這不但是他關心地方治安的表現，也是開全國之先例，值得特別提出說明。

早在張之洞任兩廣總督之時，就已經注意到當時獄政的種種缺失，尤其牢房十分缺乏，囚犯擁擠不堪，容易引起傳染病的流行，常有案件還未審理終結，嫌犯就已死亡的情況發生。所以他在光緒十三年（一八八七年）將廣東舊有營房改建成牢房，並對獄中整潔及衣食也相當注意。接任湖廣總督之後，對兩湖的獄政也曾大事改革，並在光緒二十四年（一八九八年）修建江夏監獄，完全採取西方式建築，注重衛生設備。但他對獄政提出一套完整的改革計畫，還是在光緒二十七年（一九〇一年）六月，《遵旨籌議變法謹擬整頓中法十二條》一摺的「恤刑獄」中，明白列出禁訟累、省文法、省刑責、重眾證、修監羈、教工藝、恤相驗、改罰鍰、設專官等九項改革方案。日後張之洞也完全依照自己所擬的這九項改革方案，改良湖北監獄。

光緒三十年（一九〇四年）六月，張之洞下令所屬各單位，不但要明斷案、省刑責，還要選擇寬敞土地建遷善及習藝所，選擇工匠教導囚犯各種技藝。這種以學習技藝解決囚犯出獄後生計問題，而達到自新的目的，已是相當進步的獄政觀念。

光緒三十三年（一九〇七年）五月，他在湖北省東部郊區，建模範監獄，一切建築設備仿日本巢鴨監獄，分內外監、病監、女監，一共可容納五百多人，並明定管理章程。獄內並附設醫生以治病，教藝以謀生，教師以教改過遷善之道。他希望以這座監獄作為日後各監獄的範本。祇可惜直到滿清結束，再也沒有出現另一座模範監獄。總之，張之洞對獄政的改良，大致可分硬體的建築，以及軟體的管理、衛生、教育兩方面著手，可說是相當全面及進步了。

其次是警察制度，張之洞在光緒二十八年（一九〇二年）奏請在湖北省城武昌創辦警察制度，裁撤舊有的保甲制，設立「武昌警察總局」，並將範圍擴大到漢口，總局之下設東、南、中、西、北五局。城外則分設東、西、水、陸四局。主要工作是稽查戶口、保衛生民、清理街道、開通溝渠、消除疫癘、防火救災、查緝奸宄、通達民隱、整齊人心，希望藉此盡量革除以往地保需索擾民之事。並派員到日本警察學校，詳研警察本源精義、立法綱要及一切有關警察法規。光緒二十九年（一九〇三年）設立警察學堂，教授警察規則及操法。光緒三十一年（一九〇五年）又擴建警察學堂，擴充名額，仿日本選募巡查方法，招生學習，並聘日本高等教習三名，教授警察應用學科，定期兩年半畢業。從此武漢警察制度已具雛形，而後逐漸推廣到其他各地。

## 再署兩江

當張之洞正準備以更新的觀念來治理兩湖時，卻接到東南互保運動與他聯手出擊、合作無間的兩江總督劉坤一的死訊。清廷命他立刻前往南京代理兩江總督。他這次代理的時間由光緒二十八年（一九〇二年）十月九日正式接署兩江總督篆務，到二十九年（一九〇三年）二月二十三日交卸兩江總督篆務，返回湖北，實際只不過三個多月。

雖然衹有短短三個月，張之洞卻仍有一番作爲，如議定滬寧鐵路借款合同、設兩江學務處、整頓淮鹽積弊、委員輯譯各國礦務章程、整頓江南製造局等。但其中最令人稱道的，還是他奏設三江師範學堂，以及與袁世凱會同奏請變通科舉。

奏設三江師範學堂一事，當張之洞再度署理兩江之時，鑑於兩江總督兼轄江蘇、安徽、江西三省，幅員廣大，而且三省各府州縣將來應設中小學堂爲數甚多，需用的教員也頗多，因此感到必須辦一所師範學堂，作爲將來各級中學教師的搖籃。

張之洞爲防止外籍老師與學生溝通不良的問題，特別在創校之前，採用「中日教習互換知識」方法。也就是日籍老師必須跟隨華籍老師學習中國語文及中國經學；而華籍老師必須跟隨日籍老師學習日本語文及理化學、圖書學等。如此對老師與學生間的溝通，以及老師間相互的切磋，都有很大的助益。

三江師範學堂後改名爲兩江師範學堂，也就是日後中央大學的前身。

奏請變通科舉一事則在光緒二十九年（一九〇三年）二月初三，張之洞會同袁世凱奏請「變通科舉分科」，主要是奏請按年遞減科舉取士的人數，三年而停止鄉試會試。這奏摺中另有兩點特色：第一是他希望因此建立新式學堂學生爲政府效力的管道。

> 將考試取中之額，按年遞減……即以科場遞減之額，移作學堂取中之額。

第二是爲舊有的舉人、貢生、生員謀求生路：

至舊舉貢生三十歲以下者，令入學堂，三十至五十可入仕學院師範速成兩途，其五十至六十與三十以上不能入速成科者，寬籌出路……六十以上者酌給職銜。

張之洞本身雖為一甲第三「探花」出身，但他對八股取士一向不滿，改革科舉是他一貫的主張，在《勸學篇》中已明白提出較為緩和的改革，可是當時社會急遽變遷，科舉已成為限制青年吸取新知、阻礙國家進步的最大阻力。所以他的主張由變科舉而變為廢科舉，這份奏摺不過是他整個改革主張中小小的一環。光緒三十一年（一九〇五年），在張之洞等人不斷的諫言及努力下，清廷終於正式下旨在第二年（一九〇六年）完全廢除科舉制度。

## 來京陛見

光緒二十九年（一九〇三年）初張之洞奉旨，在結束代理兩江總督職務後，入京陛見。所以三月初一他返抵武昌後，便立即料理一切事務，二十七日再度渡江，北上京城。這次入京是他從光緒十年（一八八四年）任兩廣總督之後，十九年來首次入京陛見。

當時張之洞已有「賢督撫」之稱，可見慈禧對他的優隆禮遇。其中原因，除了他清廉的品格及良好的政績外，還有很重要的一點，就是他對清室的效忠。他不但在庚子議和時，處處爲維護清政府的權益而努力，而且當慈禧駐蹕西安時，百物缺乏，各地疆臣多有進貢，其中以湖北貢品最爲「豐足濟用」。所以在張之洞入覲召對時，備受禮遇，不但多有賞賜，而且允許在紫禁城及西苑門內騎馬。慈禧並特別提出湖北貢品之事，當面誇獎一番。張之洞爲這次來京陛見，慈禧的各種賞賜，寫下了十五首的紀恩詩，其中一首就是專記此事。

敢道滹沱麥飯香，臣慚倉卒帝難忘。
艱難險阻親嘗到，天使他年晉國強。

一般疆臣入京陛見，多是奏呈一些政績及未來計畫，而朝廷多給一些指示及勉勵或訓斥一番後，再在京中盤桓一段日子，各地打點打點、拜會拜會，即返回原任所。可是當張之洞到北京之後，閏五月管學大臣張百熙等人奏請「添派重臣會商學務」，特別推崇張之洞爲「當今第一通曉學務之人」，要求特派張之洞會同商辦京師大學堂事宜。於是張之洞便留在北京，以長椿寺爲辦公室，開始擬訂各學堂章程，歷經數月爭議修改，才會同張百熙等人奏進，清廷並於光緒二十九年（一九〇三年）十一月明令頒布，即所謂《奏定學堂章程》，亦即《癸卯學制》。

這個學制規定初等教育九年，中等教育五年，大學連預科六年至七年。自初等小學至大學畢業，共計二十年至二十一年。而此學堂章程共十九冊，二十餘種。

張之洞在〈釐訂學堂章程摺〉中說明這個學制的立學宗旨：

至於立學宗旨，無論何等學堂，均以忠孝為本，以中國經史之學為基。俾學生心術一歸於純正，而後以西學瀹其知識，練其藝能，務期他日成材，各適實用，以仰副國家造就通才，慎防流弊之意。

由此可見他所定的學堂章程，仍是依照《勸學篇》中所言「中學爲體，西學爲用」爲立學的基本原則。

張之洞謁見之後留在北京，是爲了制定各學堂章程，如今章程已經完成，在離京之前，他到宮中向慈禧陛辭請訓，並當面奏請：

化去滿漢畛域，以彰聖德，遏亂端，如將軍都統等缺可兼用漢人，駐防旗人犯罪用法與漢人同，不加區別。

慈禧當時和顏悅色的說：

朝廷本無畛域之見，乃無知者妄加揣測耳。

並於第二年依張之洞的建議，改陸軍軍制，漢人也可用都統等名目，以及重定旗人、漢人通用的用刑新章。慈禧會如此做，完全是迫於局勢的無奈，滿漢之間諸多問題並未得到實質的解決，尤其在慈禧死後，漢人親貴專權，日後張之洞的死，與滿漢之爭實大有關係。

張之洞離開北京後，便回到老家天津南皮，到故鄉後除了掃墓修墳，進謁宗祠，接見族中代表外，最主要的是，他將這次入京皇太后的賞銀五千兩及歷年的積蓄，在南皮建了一所慈恩學堂，兼收南皮地方張氏本姓及外姓學生，並提供南皮地方生員前往湖北就讀師範學堂的經費。由此可見他對家鄉教育的重視，也一了當年他父親受族人資助，反哺回報的心願。

離開南皮後，便一路返回湖北，抵達武昌時，已是光緒三十年（一九〇四年）二月十四日，所以從他北上入京陛見到返回任所，前後共約一年的時間。

也有人說當劉坤一去世，兩江總督出缺，張之洞前往代理時，曾密保當時湖北巡撫端方代湖廣總督，當張之洞從兩江回任之後，端方不想交出總督職權，所以運用關係，召張之洞入京陛見，覲見完畢，又令他留在京城訂學堂章程。當時學務大臣榮祿和端方爲連襟，所以受端方請託，對張之洞所訂章程常持異議，所以使張之洞困在京城將近一年。

當張之洞返回總督任所時，發現端方在代理期間行文通省整飭吏治，其中有「湖北吏治敗壞已十四年矣」等詞，即影射張之洞到任之後吏治敗壞，張之洞爲此大怒，端方感到不安，便運用關係調往江蘇。由此可見政局中鬥爭奪權之一斑。

## 廢科舉與設存古學堂

張之洞從北京回到湖北之後，最熱心奔走的就是改革科舉。他本人雖出身科舉，成績過人，但他對八股的形式一向不滿，早在他參加廷試時，就因不依一般八股形式，直述時勢，而引起極大爭議。後任鄉試副考官及學政時，更是以提倡經史實學及砥礪氣節爲己任。

中法越南戰爭之後，張之洞體認到西學之用，所以在兩廣、兩湖時，除分別設立了傳統書院外，也設以西學爲主的新學堂。當甲午戰敗後，他「中體西用」的思想逐漸成熟，於是改變傳統與新學分立的雙軌式教育，而爲中西兼學的新式學堂。並在《勸學篇》中批評科舉制度的弊病，首度提出「救時必自變法，變法必自變科舉始」，主張變科舉。

張之洞在《勸學篇》中所提變科舉的方法，大致與當時維新派的主張相同，都主張將鄉會試分爲三場分試，僅是前後秩序不同而已，也許這是張之洞有心與康梁等人劃清界限的作法。光緒二十四年（一八九八年）張之洞與陳寶箴呈述科舉改革意見，主張鄉會試分爲三場：

> 第一場試中國史事國朝政治論五道；第二場試時務策五道，專問五洲各國之政、專門之藝；第三場試四書義兩篇，五經義一篇。首場按中額十倍錄取，考取始准考次場，每場發榜一次，三場皆中，始如額取中。

光緒帝接受他們的建議，並在七月三日頒令天下。可惜還未施行，便因八月六日戊戌政變，太后臨朝聽政，廢除一切新政而停擺，此後，差不多兩年的時間，朝中大臣不敢輕言變法，張之洞更因與新黨關係密切，而對變科舉之事噤若寒蟬。

直到庚子拳亂後，慈禧爲緩和中外的局勢，下詔變法，其中對科舉制度，也令朝中大臣陳述意見，一時內外大臣先後上奏，其中以張之洞與劉坤一在光緒二十七年（一九〇一年）五月上〈變通政治人才爲先遵旨籌議摺〉最爲重要。其中提出：一、設文武學堂，二、酌改文科舉，三、停罷武科，四、獎勵遊學等四項，並建議分十年三科減額停廢科舉，使人才皆出自學堂。但當時慈禧並沒有採納，只同意改變考試內容，廢八股與停武科而已。

光緒二十九年（一九〇三年），張之洞在代理兩江總督時，又與當時直隸總督袁世凱聯名上奏，重提科舉阻礙學堂之議。張之洞到北京之後，更爲改革科舉奔走遊說，說服多位守舊派大臣，終於獲准自光緒三十二年（一九〇六年）開始實施逐年遞減科舉名額。

可是光緒三十一年（一九〇五年）日俄戰爭爆發，這使張之洞和袁世凱覺得國際情勢愈來愈不利，而學堂發展太慢，科舉一日不停，學堂絕無大興之望。二人便在當年八月再次上奏，請求立即廢除科舉、廣設學堂，以便普及國民教育。這次終於獲得清廷同意，下詔自丙午科（光緒三十二年，一九〇六年）始，所有鄉會試一律停辦。從此我國自隋唐以來的科舉制度完全廢除。

張之洞雖致力於科舉的廢除，但他也擔心，一旦科舉廢除後，會產生輕視中國傳統思想學術的後遺症，於是他在光緒三十年（一九〇四年）議設「存古學堂」以保國粹。三十三年（一九〇七年）存古學堂正式成立，主要目的是在培養傳習國學的師資，令國粹賴以保存。

雖然張之洞在湖北設存古學堂，但他並未忽視新式普通學堂及其他學科的訓練，而且希望兩者能相互並存，可是因他當時地位顯赫，尤其在教育方面更受人推崇，所以存古學堂設立後，立刻引起其他各省守舊人士紛紛仿效，隱然成爲一種復古運動。對正在推展中的新學制學堂，產生了不少負面影響，這是張之洞在設立之初未能預料到的。

廢科舉是進步的，而存古學堂卻是保守的，進步與保守永遠是張之洞及每個處於新舊交替時代的人，必須面對的兩難問題，如何才能在兩者之間尋得一均衡點，不致過度的激進或過分的保守，那就得看每個當事人的智慧了。

## 調離湖廣

光緒三十三年（一九〇七年）五月，清廷授命張之洞爲協辦大學士。六月十四日，又奉旨授爲大學士，但仍留湖廣總督之任。十八日再調充體仁閣大學士，仍留湖廣。七月二十七日奉上諭補授軍機大臣，從此告別他在位十八年之久的湖廣總督生涯，正式入閣拜相。張之洞這次會調入軍機，和國民革命也有些關係。

因爲當年五月二十六日，革命先烈徐錫麟以安慶巡警學堂會辦的身分，乘學堂舉行畢業典禮之時，刺殺安徽巡撫恩銘，占領軍械所起事，史稱安慶之役。雖然後來失敗被捕，但已使兩江人心震動，清廷更爲此惶恐不安。且兩江總督自劉坤一去世之後，數年之間已四度更換，所以此時有人建議調派老成持重的張之洞前往坐鎮。六月宮中傳出已內定袁世凱調入軍機，張之洞調往兩江之說。張之洞得到消息後，立刻表明不願前往兩江，在給鹿傳霖的電文中說：

在湖北待了十八年，所有心力都用在這裡，如今已逐漸衰老多病，如何能再開創新局，只有乞求退休而已。

並立即上疏請假二十日，當時張之洞的意思是「辭兩江，而不辭樞府」，也就是不願調任兩江總督，而願擔任軍機大臣，休假期滿之後不久，便發布他補授軍機大臣。

也有人說，將袁世凱與張之洞同時調入軍機，是慈禧特意的安排，因為當時慶親王奕劻與袁世凱二人結合的勢力太大，為了制衡他二人的勢力，所以慈禧特命小醇王載灃入軍機學習行走，而將張之洞調入軍機，就是要他與載灃合力，作為載灃的幫手。所以在第二年十月，當慈禧重病時，便是召張之洞及另一軍機大臣世續入內，商定以載灃之子溥儀繼光緒為帝，以載灃為攝政王輔立溥儀。祇是在慈禧死後，慶、袁勢力雖被排除，但載灃不能體會慈禧如此安排的深意，對張之洞的諫言不加採納，形成親貴攬權，不但氣死了三朝元老、顧命大臣的張之洞，同時也加速清朝的滅亡。

不論確實原因爲何，光緒三十三年（一九〇七年）八月初二，張之洞交卸湖廣總督的職務印信，渡江北上，正式結束他任巡撫三年、任總督二十三年的封疆大吏生涯，進入軍機，開始另一段不同的政治生涯。

# 八、入閣拜相死而後已

## 管理學部

光緒三十三年（一九〇七年）八月初，七十一歲的老中堂張之洞到了京師，十五日奉旨管理學部事務。常有人說張之洞一生的建樹，多是在任疆臣時完成，進入軍機後，官位升了，反倒沒有什麼作爲。原因不外三點：一是時間太短，前後不過兩年多的時間。二是他掌管學部，俗語說「十年樹木，百年樹人」，教育是國家的百年大計，很難以個人努力，在短時間內看到成效。第三也是最重要的一點，軍機大臣地位雖高，但處處受限於君王，無法像任地方官一樣，可依自己的理想與計畫行事，所以他在死前曾感慨言道：

> 今始知軍機大臣之不可為也。

話雖如此，但在他一生最後這兩年多的時間內，仍然有一些作爲值得特別提出，其中除了他本職所在的學部工作外，以輔立新帝及安定慈禧光緒死後大局，最爲重要，祇可惜他一直努力化除滿漢間的畛域，卻告失敗。

張之洞以軍機大臣兼管學部時，雖然參與工作與計畫的不止他一人，但他運籌定策，出力最多，在這段時間，學部對中國教育的貢獻，可分以下幾點：

㈠奏定變通初等小學堂及中學堂章程；小學設簡易科，以期增加學生。中等學堂課程分文科、實科兩類。這兩類學堂章程之變通，對全國普及教育有良好影響。

㈡奏分年籌備教育事宜；著重發展普通教育及專門教育。

㈢奏准分三年籌設京師分科大學，共分經濟、法政、文學、醫科、格致、農科、工科、商科八科。對日後京師大學堂的成立有極大的關係。

㈣奏准在京師設女子師範學堂，暫招收簡易科兩班。

㈤奏酌擬考試畢業遊學章程，以杜絕留學生回國後，毫無所學，卻可冒濫得官的弊端。這章程對日後留學考驗制度之確立有很大的影響。

㈥籌建京師圖書館。

除此之外，並參與制定簡易識字學塾試辦章程及編定國民必讀課本。

## 輔立新帝

光緒三十四年（一九〇八年）十月二十一日，光緒帝駕崩於瀛台，次日慈禧太后隨即病逝，在此之前當兩宮病危之時，對新帝的嗣立，以及光緒死後對宗廟及隆裕皇后的安排定位，張之洞都曾親身參與獻策，也一圓二十年前他「繼統即繼嗣」的說法。

胡思敬所著《國聞備乘》中，詳細記載慈禧如何排除奕劻可能的阻擾，與張之洞等人商討立溥儀爲皇帝的經過：

> 慈禧病危時，張之洞奏請應為國家預定大計，慈禧默默點頭，第二天（十月十三日）便派奕劻到易州去勘察陵墓工程，並密召軍機大臣世續及張之洞入宮，告訴他們已決定立溥儀為穆宗同治帝的繼嗣。溥儀，是醇親王載灃的兒子，當時年僅四歲（虛歲），比光緒帝繼位時年紀還小。
>
> 國家正處於多難之時，連著三位皇帝都以年幼繼位（同治、光緒、宣統），世續和張之洞都恐怕日後會形成隆裕皇后垂簾聽政的局面，因而合奏

說：「國家有年長的國君，是國家社稷的福氣，不如直接立載灃為帝。」

慈禧面色戚然地回答說：「你們所說雖是事實，但不替穆宗冊立後嗣，終究無法對得起死者。如今立溥儀為帝，仍然令載灃主持國政，是公義與私情兩相無憾的作法。」

張之洞說：「如此應該為主政的載灃確立職銜，以正其名。」

慈禧問：「從前也曾有這種情況嗎？」

張之洞回答說：「從前明朝有監國的稱號，我朝初年也有攝政王的名號，都可以援引作為先例。」

慈禧說：「很好，可以兩者兼用。」

張之洞又說：「光緒皇帝已登基三十餘年，也不可使他沒有後繼之人。古時有兼祧的制度，如今似可仿行。」

慈禧沉默了很久，才看著張之洞說：「不必凡事都拘泥古制，這事姑且聽從你的建議，回去之後可立即擬旨奏進。」

等一切大事都確定以後，慈禧才電召奕劻回京，告訴他一切決定。奕劻祇有叩頭稱好。

光緒帝死後，張之洞對同治、光緒、溥儀以及隆裕皇后之間的關係，也做了明確的安排定位，對此胡鈞編著的《張文襄公年譜》中有詳細記載：

在聽到光緒駕崩的消息後，軍機大臣立刻進入宮中，皇后突然出來，問道：「新繼嗣皇位的皇帝，是承嗣哪一位先皇？」

諸位大臣都還沒回答，張之洞回答說：「是承嗣穆宗毅皇帝（同治），兼祧（一子同嗣兩房）大行皇帝（光緒）。」

皇后又問：「將如何安置我？」

張之洞回答說：「將尊為皇太后。」

皇后說：「既然如此，我感到非常寬慰！」於是哭著進入內宮。

張之洞因深得慈禧的寵信，所以能在慈禧、光緒相繼病危駕崩之時，參與定策，不但安定當時朝局，並對三十年前（光緒五年，一八七九年）上疏，迎合慈禧，贊成繼統，主張「將來繼承光緒帝皇位的人，即為繼承同治帝的後嗣」而引發爭議之事，畫下了一個還算圓滿的句點。

## 安定朝局

清末政局原已動盪不安，如今發生慈禧光緒相繼崩殂這等大事，卻能安然度過，沒有任何變亂。張之洞對安定當時朝局人心，確實相當有幫助。所以他死後，在宣統的御祭文中，就特別予以褒獎道：

自從兩宮突然駕崩，因這位大臣的盡職與憂勞，使軍旅不驚，全國安定。

由兩件事可以看出張之洞對安定當時朝局人心的努力與考量。第一件事是，當時因繼承皇位的宣統年紀幼小，人心惶惶，有些王公大臣便提議，徵調軍隊入京護衛。張之洞對此極力反對，認為如此祇會更加深民心的不安，唯有請度支部（財政部）將銀根放鬆，市面資金周轉流通，便可安定人心。雖然張之洞這一主張，在當時起了很大的安定作用，使清朝國祚不致在慈禧死後立刻斷絕，但無根的大樹終難久撐，三年後（一九一一年）辛亥革命成功，清政府再度面臨存亡關頭之時，老臣張之洞卻已去世，再也無法獻策效力，清帝終於在袁世凱逼迫下，頒令退位。

第二件是爲袁世凱請命。當光緒死後，一般盛傳光緒臨終前曾留下字跡模糊的密詔：

……朕乃醇王次子，太后命以承嗣帝祚，常處淫威。十年來所受之慘，所遇之薄，實咎由袁世凱及（另一名則不可辨識）……時機一至，立予處斬。

並傳言，光緒原未生病，會在慈禧死前駕崩，是出於慈禧預謀，而袁世凱也參與其事。所以當溥儀繼位後，皇太后隆裕、監國攝政王載灃要聯手爲夫爲兄（光緒與載灃同爲醇親王奕譞之子）報仇，於是在臨朝之際，聲討袁世凱，認爲慈禧與光緒間不和，國政失調，都是因袁世凱構陷所致，應該處以極刑，以謝天下。

當時各位王公大臣都沉默而不敢多言，只有張之洞再三陳述絕不可殺袁世凱，並指出兩點原因：

㈠袁世凱無力離間光緒與慈禧。

㈡袁世凱當時負練兵重任，京師也是他勢力範圍之內，如果處置失當，絕非國家之福。

載灃聽了張之洞的分析後，也深恐因此引起兵變，於是下詔命袁世凱削職回籍養痾。張之洞曾對人說：

皇上年幼初繼皇位，皇太后便逐漸掌握大臣生殺黜陟（陞遷）的大權，此端一開，為禍不小，我不是為袁世凱打算，而是為朝政大局打算。

當時年幼的溥儀剛剛繼位，太后便要殺手握北洋軍政大權的袁世凱，實在是不智之舉，如果真把袁世凱逼急了，後果將很難想像。所以張之洞爲袁世凱說情，並不是爲了放袁世凱一條生路，而是爲了安定朝野人心，防止兵變。

在慈禧駕崩之初，載灃對張之洞這位顧命大臣仍相當尊重，可是日子一久，載灃眼見政局逐漸穩定，便漸不採納張之洞的諫言，張之洞力爭不得，祇有眼見清朝在親貴用權、不圖振奮下，逐漸走向滅亡之路，他既救不了清朝，也救不了自己，所幸他早走一步，得以免受亡清之痛。

也有人說袁世凱是因爲這次罷黜，對清朝懷恨在心，所以日後才會出賣清帝。可是反觀袁氏一生，原就屬於騎牆的個性，就算沒有這次罷黜，也難保他一定會對大清效忠賣命。

## 滿漢之爭死而後已

滿清以滿族入主中原，對漢人多有抑制，朝中高位常爲滿族壟斷。清末政治腐敗，各種變法、革命風潮不斷。張之洞認爲滿漢之間界限嚴格，是造成人心思變的重要因素之一，所以他在庚子事變後，力請化除滿漢畛域，以防止未來的種族革命。

首先當慈禧爲收拾義和團之後的人心而下詔變法，張之洞便會同劉坤一聯名電奏《遵旨籌議變法謹擬整頓中法十二條摺》中，其中籌八旗生計一節，就是以融合滿漢爲宗旨。接著當張之洞於光緒二十九年（一九〇三年）十一月二十六日離京前陛辭請訓時，更當面奏請化去滿漢畛域，慈禧雖接受他的建議做了些改革，但對滿漢間實際的問題與不平並未解決。

光緒三十三年（一九〇七年），徐錫麟在安徽起義，人心更加惶惶不安，張之洞便於六月再度上奏，認爲要平定內部的動盪不安，「唯有請明旨布告天下，化除滿漢畛域，令各衙門評議切實辦法，迅速執行」。清廷雖在八月有「內外各衙門對如何化除滿漢畛域，各擬所見，將切實辦法妥議具奏，即予施行」的諭旨，可是光緒三十四年（一九〇八年）清廷公布的憲法大綱，卻是君主總攬立法、司法、行政等國家大權，議會徒有虛名，使國人大感失望。

慈禧光緒死後，攝政王載灃原對張之洞仍十分禮遇，可是當慶親王奕劻及袁世凱兩大勢力被排除後，圍繞在載灃周圍的皇族親貴便開始實施集權，不准外族參加。從此不但張之洞想要化除滿漢畛域之爭的理想，已告完全落空，就連日後的死因也和此大有關係。

宣統元年（一九〇九年）四月，載灃以貝勒載濤（載灃弟）充專司訓練禁衛軍大臣，五月又以貝勒載洵（載灃弟）充籌備海軍大臣，張之洞一再堅持不可，因此和載灃發生爭執，載灃對他的反對意見堅拒不納，張之洞爲此氣憤嘔血，從此一病不起。滿漢之間的鴻溝已愈來愈深，在陳衍的年譜中詳細記載這事的經過：

這年冬天，張之洞去世，即日定諡為文襄。原先是載灃為攝政王，專用親貴……既以載洵掌管陸軍，又以載濤掌管海軍（此處有誤，載洵、載濤職務應互換）。又計畫以某市儈（唐紹儀）為京卿（鐵路總公司督辦）。張之洞力爭，以為不可，卻被載灃斥責。回到寓所，張之洞搥胸嘔血說：「今始知軍機大臣之不可為也。」於是便一病不起。

張之洞的病狀是右脅作痛，初病之時，仍勉強入宮當班，可是後來病情轉劇，便連續請假。到了八月二十一日，他自覺身體狀況愈來愈差，便奏請辭去各項職務。奏疏呈上後，大學士世續便建議載灃應親往探視。當日載灃便前去探病，兩人之間有一番對話，載灃走後，張之洞已深感清祚將不會太久。

載灃到了之後對張之洞說：「中堂公忠體國，有名望，好好保養。」

張之洞說：「公忠體國所不敢當，廉正無私不敢不勉。」

張想用廉正無私對攝政王做臨終的忠諫，祇可惜載灃卻全然無意接受。

載灃離去後，陳太傅（陳衍）問道：「攝政王的意思如何？」

張之洞沒有回答，祇是感嘆的說：「國運盡矣；希望能在最後關頭點醒他，也沒成功。」

當天晚上亥時（九點到十一點）張之洞便與世長辭，在臨終前他曾下床更衣，告誡諸子：

勿負國恩，勿墮家學，勿爭財產，勿入下流，必明君子小人義利之辨。

並命子孫一一複誦，四周家人都已泣不成聲，他卻安慰他們說：「吾無甚痛苦也。」最後又說：

吾生平學術行十之四五，治術行十之五六，心術則大中至正。

說完之後便命人將病床整理清潔，並整肅服裝，從容的離開人世，享年七十三歲，諡文襄，晉贈太保。十二月葬於老家南皮，三位早逝的夫人也都附葬在旁。

胡思敬《國聞備乘》中曾說：

之洞生平多處順境，晚歲官愈高而境愈逆，由是鬱鬱成疾。

這話確實不假，張之洞從二十七歲進士及第進入翰林，就成「清流派」主要成員，四十五歲外放山西巡撫，接著是兩廣總督、湖廣總督，前後二十六年的封疆大吏，大抵是相當平順。衹是晚年進入軍機，雖為顧命大臣，但卻有志不能伸，最後鬱鬱而終。

就因為他「生平多處順境」，所以一生中能有許多大作為，這些作為有些是正面的，有些是負面的。再加上他一生古怪的個性，不同於一般的行為，與進步保守相互混雜的思想，常引起後人對他評價上的各種爭議。由這些爭議中可以看出，一個傳統中國讀書人處於一個既腐敗又變動的時代，是多麼的無奈。

【下 篇】

# 是非爭議

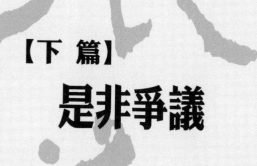

# 一、進步保守的改革者

在清朝以前傳統的中國人，對「世界」的觀念相當模糊，所謂「世界」，不過是以中國為中心，以及一些鄰近的番邦、小國而已。至於對再遠的地方，或許也有些傳聞，有些知識。但那不是大家所關心所想知道的事，因此「天朝大國」的心態深植在每個中國人的心中，並世世代代綿延相傳。

可是西方各國自工業革命後，近代化的腳步十分快速，並逐漸向外擴張勢力範圍。十七世紀以後西方勢力已延伸到東方，並以強大的軍事力量做後盾，強行打開中國封閉的大門，使中國人——尤其是各領導階層——不得不接觸到西方文化。在接觸之初，每個人的反應幾乎都相同，都是以自大自傲的中國文化蔑視西方文化為起點。雖然有些人自欺欺人的一直沉醉在中國至上的美夢之中，但也有很多有識之士會進一步發現到，西方近代化確實有值得借鏡的地方，因此中國就在這些有識之士的領導下，逐步開始走向近代化的開端。

雖然大家的起點完全相同，是希望中國能藉著近代化而達到強盛的目的，但因每個人的背景及著眼點不同，所以在促進中國近代化的成就上也就各有不同。如恭親王奕訢、李鴻章、左宗棠等認識了西方的船堅炮利，所以著重於兵器上的模仿。盛宣懷認識了西方工商大利，因此注意到中國工業化的問題。而康有爲等維新派注意到西方政治，所以引起了百日維新。

然而，在這一片近代化的聲浪中，思想能始終隨著時代的潮流而進步，一般認爲祇有梁啓超、張之洞二人而已。

梁啓超以「變」順應著潮流的需要而進步，是代表清季進步知識分子的思想，其最大的成就在開啓民智。

張之洞以中學爲體、西學爲用的理論，主張利用中國的傳統，參用西學西法，來完成中國的近代化，是代表清季進步保守知識分子的主張。

進步與保守原本就是相互對立、相互矛盾的名詞，如今將兩者同時加在張之洞的身上，可見他一生思想是進步與保守相雜。雖然他有許多方面能接受進步的新觀念，並加以確實改革施行，但他在忠君衛道方面卻表現出異常保守的思想，引起許多爭議與指責，以下就分別說明張之洞的進步與保守。

## 進步

反觀張之洞一生，在未任封疆以前，是一個非常傳統的中國讀書人，對西方近代化的知識相當貧乏。直到擔任山西巡撫，才初次接觸西方科技，接觸之初，他除了驚訝西方科技的神奇外，並計畫延攬各方面科技人才，祇可惜還未實行，他便調離山西。

中法越南之戰，張之洞擔任兩廣總督，因地利之便，更深一層接觸到洋務問題，也更深切的反省到中國必須自強、必須近代化，從此張之洞正式成爲晚清中國近代化領導階層的大員。首先他和當時一般自強運動者相同，以模仿西洋船堅炮利爲起步，積極仿造船炮、籌建槍彈廠。其次因他一向重視教育，所以除傳統的舊式書院外，同時創建各種新式學堂，如電報學堂、水陸學堂等，以培養近代化的人才。接著他發現鋼鐵是一切近代化建設的根本，所以積極籌建煉鐵廠。鋼鐵工業是一切工業之母，雖然後來張之洞因知識不足，對煉鐵廠的興建未盡理想，但發展鋼鐵業的觀念是十分正確且進步的。

光緒十五年（一八八九年），張之洞因上疏建議修築盧漢鐵路，而由兩廣調任湖廣總督。在這份奏疏中可以明顯看出，張之洞近代化的觀念，已由純軍事的模仿進展到要求人民生活的改良，所以他說：

修路之利，以通土貨、厚民生為最大，徵兵轉餉次之。

因此他到湖廣之後，對各近代化建設的推動，除延續在兩廣的計畫建設外，也開始重視民生經濟，如對棉、茶種植製造的改良，祇可惜都告失敗。但他仍努力創設養蠶及農務學堂，幾經挫折，終於有成果。此時，已可看出他想以改善國民經濟能力以求富，作爲中國近代化的目標。這和先前自強運動者直接主張船堅炮利以求強，逐漸分道。

大體而言在甲午戰爭以前，張之洞是個積極求進步改革的中堅分子。可是甲午戰敗後，維新派思想興起，張之洞雖然也主張維新改革，但他對康梁等人將維新的觸角伸向清皇室本身，卻不能接受，所以他著《勸學篇》劃清他與維新派之間的界線，並提倡「中學爲體，西學爲用」，在政治思想方面，他認爲不可變的「本」就是「忠君衛道」的思想，所以日後對任何維新改革，祇要觸及「君王」這項主題，他便退縮到保守的陣營。

除了忠君的思想外，其他各方面張之洞仍以一貫積極的態度，在兩湖從事各項改革建設，如漢陽鐵廠、槍炮廠、新軍、新式學堂、京漢鐵路等，因爲他的建設不但使武漢三鎮成爲中國近代的思想、工業重鎮，同時也成爲日後國民革命的溫床。

張之洞除了以近代化的觀念建設湖廣外，還有兩點值得特別稱許的開明思想：一是當庚子拳亂時，他力主東南互保，在互保期間，他表現出極端開明識大體的思想，力保長江以南不受戰火的蹂躪，這可說是他一生中最偉大的成就，也成爲反擊批評他攻訐他最有力的依據。只可惜接著而來的庚子議和，他又退回頑固保守的堡壘中，成爲衆人非議的焦點。

另一是對教育革新所做的努力，即使是任何一位批評張之洞的人，都不得不承認他在教育上的成就。他不但重視教育，積極推廣教育，而且不遺餘力的革新教育。尤其是戊戌之後全國性教育改革工作，實際上都是在張之洞的創導下完成，如改書院爲學堂，廢除科舉，頒布奏定學堂章程等，在中國教育近代化過程中，都占有舉足輕重的地位。

## 保守

張之洞雖然對大部分的政治改革，都能隨時代的潮流而進步，唯有在「忠君」的思想上，始終固守在頑固的保守陣營中，這不但引起改革派十分的不滿，造成他和李鴻章之間的針鋒相對，也是當時及後世非議他的中心焦點。由兩件事可明白看出張之洞在「忠君」方面的保守與頑固。

首先是在甲午戰敗後，張之洞也主張中國必須維新改革，所以對康、梁的維新運動予以支持，不但在財務上資助維新派所組織的強學會與《時務報》等，並准許他們在其管轄的範圍內推廣維新運動。可是後來張之洞發現維新派的言論過於激烈，尤其是康有爲立憲政治與世界大同的思想，與他的政治思想有很大的距離，爲了表明自己的立場，特別寫了《勸學篇》一書。《勸學篇》可說是張之洞一生思想的代表作，也是他一生行爲的藍本及規範。

《勸學篇》內篇中第一篇爲「同心」，是開宗明義說明全書各章的次第。接著第二篇便是「教忠」，可見他對「忠」的重視，在其中他指出國人不但要忠於國，更要忠於滿清，因爲滿清是中國歷代最愛民最仁德的君王，在這裡他表現出強烈忠於滿清王朝的思想。而後在第六篇「正權」中，他更明白闡述反民權的思想，斥責民權說是一種邪說惡行，提倡民權就是鼓勵愚民作亂，不但足以禍及一身，而且可以造成亡國。要救中國就必須全國一心擁戴大清聖君，以求達到保國保教保種之目的。由此可明顯看出張之洞在政治思想上中學爲本，這個不可變的本，便是忠於滿清王朝，要改變這個本是他所不能容許與接受的。

張之洞在著《勸學篇》後，便對維新派人士採取嚴厲的措施，戊戌政變後，更查禁所有維新派的報章，以及電照出使日本、英國大臣，查禁康有爲等維新人物在英日等地的活動。所以維新人物對張之洞改變態度，感到非常不滿，認爲張之洞的思想愈來愈頑固，尤其對他的《勸學篇》更表深惡痛絕，除梁啓超先生說：「此書十年以後，雖燒爲灰燼，天下人猶將掩鼻」外，何啓、胡禮垣更特別撰寫〈勸學篇書後〉一文，斥責說：

如果將《勸學篇》中各理論確實施行，則禍國殃民指日可見。

然而張之洞雖和維新派對「君王」觀念上有嚴重的分歧，被維新派指責爲保守頑固，但事實卻證明，康梁等人百日維新中所推動的各種新政，如廢八股、改試時務策論、於省府廳州縣設立小學堂以培植實學人才、改良新法練兵、獎勵製造新器械及新兵器等，最後都在張之洞逐步的努力下，一點一滴的改革成功。所以就整個中國近代化的成就而言，張之洞絕不輸給維新派康、梁等人。

其次是在八國聯軍之後的庚子議和，因爲這次禍事完全是因慈禧以及一班守舊無知的皇親大臣所惹出來的，不但引起國際間的公憤，想要藉此好好懲戒慈禧等人一番，就連代表滿清主持議和的全權大臣李鴻章，也想藉外國的兵威給慈禧及那群顢頇的皇親大臣一些教訓。祇有張之洞自始至終爲維護慈禧及滿清皇族的體制和顏面而努力。

和議之前，各國便開出「兩宮回鑾」及「懲戒禍首」爲議和的先決條件。李鴻章也附和各國的提議，非但主張嚴懲禍首，以平各國之怒，而且主張慈禧與光緒速回北京，俾能早開和議。但張之洞卻持相反意見，他認爲列強所以要求兩宮回京是出於公憤，有以慈禧爲禍首加以懲戒的意味，如此一來將使清政府深深受辱，所以他不但不主張兩宮回京，而且贊成慈禧攜光緒帝遠避西安，等一切平定之後再作回京打算。

在「懲戒禍首」方面，李張二人也有很大的歧見，李鴻章認爲清政府在這次事件中確有過錯，應該負責，所以指定禍首，強迫清廷下詔懲辦。而張之洞卻認爲懲辦禍首是爲平息洋人之怒，但絕不可因此損及清政府的顏面及體制，所以他堅持依傳統「懿親不可加刑」，反對對各皇族近親處以嚴刑。

就因爲張之洞這種忠君衛道的思想，處處維護慈禧及清政府的體制與顏面，結果不但助長了清廷抗拒回京及懲兇的意志，使和議遲遲無法召開，也引起他和李鴻章之間的不滿與指責。因此被人批評他是一心討好慈禧的作法。

由此可見，張之洞雖能接受大部分的政治改革思想，但在忠於滿清、忠於慈禧方面卻相當保守，尤其反對「民權」，視民權爲邪說惡行，這當然和他所受傳統的教育有關，在他的思想中，君王和天地一樣是不容更改的。尤其慈禧對他有賞識與提拔之恩，更使他認爲當以終身回報。祇是他沒有想到「民權」是現代化教育下的產物，而他一生致力於教育的普及和改革，正無形中助長了「民權」思想的成長。他主政多年的湖北，就因教育普及思想先進，最先接受了「民權思想」，成爲國民革命首次成功之地。

## 二、政績傑出的巧宦

所謂巧宦，是指擅長於經營謀求職位的官吏。有許多人批評張之洞為「巧宦熱中」或「宦術甚工」，作為他一生政治生涯平穩得意的結論，並舉例說明，當時與張之洞在翰林同為「清流黨」、抱有遠大理想的人物，除他之外，其他都沒好結果。

如寶廷，因典試期間納妓事上疏自劾免官，放廢終身。據說他之所以這樣做，乃是因為看出朝廷將對他有所不利，所以藉此求去，以免落得更加不利的後果。如陳寶琛及張佩綸，先後被慈禧太后派往南洋及福建會辦軍務，陳寶琛丁憂後未再起用，張佩綸則因馬江兵敗而遭革職，從此永不翻身。

而張之洞卻能在外放巡撫後，擢升總督，身膺封疆大臣達二十六年之久，其間宦途得意，慈禧對他的寵信始終不衰，可見張之洞「宦術甚工」。

當然在君主專政的體制下，為臣子的動輒得咎，尤其是有所作為或敢上諫言的臣子，政治生涯更是起伏不定。所以在這種政治環境下，如何力保個人地位不衰，就必須看個人的為官之術了。可是如果僅以「宦術甚工」來解釋張之洞的政治生涯，也未免有失公平，因為除了為官之術外，他所到之處也都有一番作為，是晚清非常有建樹的傑出督撫。所以我們應該說，張之洞一生宦途得意，是他宦術與政績相結合的成果。

## 巧宦熱中

在張之洞的政治生涯中，自始至終都很得慈禧的寵信，一帆風順，這除了他的政績、廉潔、生花妙筆外，在為官之術這方面，他始終牢守「為政不得罪於巨室」的原則，也就是絕不開罪掌握政權的最高權威人物，以當時來說，自然是指晚清歷史上獨攬大權達四十餘年之久的慈禧太后。張之洞就是為了要討好慈禧，做了些令人非議的抉擇。

首先是光緒五年（一八七九年）張之洞為「穆宗繼統繼嗣問題」，上了一份深合慈禧心意的奏摺，不但贊成繼統，而且提出「繼統即繼嗣」的說法，為慈禧原本不合禮法的行為（冊立與同治同輩的光緒為帝），尋得理論基礎。所以奏摺一上，立刻引起慈禧的重視，不但三年之內連升九級，並在光緒七年（一八八一年）外放擔任山西巡撫，光緒十年（一八八四年）又擢升爲兩廣總督。短短幾年時間，從一位「國子監司業」成爲坐鎮一方的封疆大吏，那份討好慈禧的奏摺，不能說完全沒有關係。

第二件也是最令人非議的一件，就是當戊戌政變後，張之洞怕得罪慈禧，不但在政變發生時，不敢救愛徒楊銳，事後不敢再上任何維新改革的奏章，並大力搜捕維新黨人。就連慈禧想除去光緒帝，他也不敢反對，而上了一份討好慈禧的奏摺，表示廢立皇帝的權在太后，不是在外爲官的臣子所能干預的，引起大家批評他「軟滑」、「沒有風骨」。張之洞一向標榜傳統儒家忠君思想，如今國君有難，卻因擔心自己的身家前途，而不敢挺身護主，因而這可說是他一生政治行爲中最大的敗筆及污點，也是批評他「巧宦熱中」最有力的證據。

第三件是前面提到他在庚子議和時，表現極度的保守並維護大清體制，這其中除了他「忠君衛道」的思想外，多少也含有討好慈禧的成分在內，尤其當慈禧到西安後，因離京時走得倉卒，加上陝西又貧瘠，所以行宮中百物缺乏，這時張之洞專門選擇慈禧所喜愛而陝西所缺乏的物品，陸續由湖北運送至西安，深受慈禧喜愛。所以慈禧在死前一年將他選入軍機，入閣拜相，希望他能輔佐慈禧看好的接班人——小醇親王載灃。由此可見慈禧對他的倚重與寵信。

除了這些主要事件外，張之洞一生還有許多事，是爲迎合慈禧意旨而做的，如他原和張佩綸同爲清流黨中重要人物，而且私交甚篤，張佩綸因中法戰爭時馬江兵敗被革職充軍，釋放回來後一直賦閒在家，事隔多年，當張之洞署理兩江總督時，張佩綸恰好也寓居南京，兩人卻不相往來。有人說張之洞是因爲慈禧當年討厭張佩綸，爲了避嫌，所以不敢和張佩綸往來，並暗示張佩綸應該移居蘇州，張佩綸因此大怒說：「我是一個失業閒居的人，難道連南京也不許我住嗎？」後來張之洞才覺得愧對老友，又派人事先通知，穿著便服悄悄的去探視張佩綸，兩人相對而哭。總之，張之洞怕引起慈禧的不滿，犧牲了他和張佩綸之間的友誼。由此可見，他對慈禧的好惡是多麼的小心謹慎。換言之，也就是對自己仕宦前途的小心謹慎。

## 政績傑出

張之洞的宦途平順，除了一心討好慈禧外，另外他本身也有三大優點：一是他文筆極佳，尤其寫起奏疏不但妙筆生花誠懇務實，常能旁敲側擊婉轉陳言，容易令人接受，而且很少爲彈劾他人而上，多是因事陳言，提出各項建設性的意見，其中並流露出一片忠君愛國之心。所以有人說他是：

事功不如文章。

也有人爲他惋惜說：

如果終其身為文學侍從之臣，也必能在潘祖蔭、翁同龢之後，成為京都的文壇泰斗。

甚至連恭親王奕訢也曾稱譽他的奏摺爲「範本」。

彼等摺真笑柄，若此（張之洞奏摺）真可謂奏疏矣。

由此可見，張之洞的文筆奏疏在當世已受到極高的評價，而且深得慈禧的喜愛，在廷試時特別將他提升爲一等第三，這對文臣的前程來說，當然是極有利的幫助。

二是他極爲清廉，在清末政風穢濁，貪污盛行，像他這樣皎潔清白的作風，實屬少有，《清史稿．張之洞傳》說他：

任疆吏數十年，及卒，家不增一畝。

清末翰林的生活非常清苦，全賴外放學政或考差時所得的陋規收入，尤其是四川的學政，因爲省分大，生童人數多，所以陋規收入最多，向來被視爲肥缺。可是張之洞先後兩次外放考差、學政，卻是將舊習陋規一概裁去不要，到任滿交卸時，依然是兩袖清風，一擔行李，與來時無異。尤其是擔任四川學政，甚至無錢治裝回京，回到京中，仍然過著和從前一樣清苦的生活而處之泰然，他這種清廉的作風，到各地任地方大吏時，一如舊貫。雖然他所到之處，必有大興作，而且費用都很龐大，可是他卻沒將這些建設經費一絲一毫納入自己的腰包。這是他的老前輩李鴻章所望塵莫及的，所以梁啓超先生在比較張、李時所說：

李鴻章最不好名，張之洞最好名。

之後應該再加上「李鴻章最好利，張之洞最不好利」，才算是公平之論。張之洞這種清廉的性格，當然也是他深得慈禧倚重，政治場上得意的一項重要因素。

三就是他所到之處都有傑出的政績。在任翰林時建言國事。在任學政時去除陋規、重建書院。在任山西巡撫時整飭官員盡忠職守。中法戰爭時到兩廣任總督，首先起用馮子材獲得諒山大捷，接著在兩廣推行各項近代化的建設。光緒十五年（一八八九年）底調任湖廣總督，任職前後達十八年之久，一切湖北新政都是他規畫經營，其中京漢鐵路、煉鋼、織布、紡紗、繅絲、製革、槍炮廠及新軍、新式學堂等建設，在中國近代化的過程中都有極深遠的影響。

除了這些在各地方的建樹外，他並於甲午戰爭後思想混亂分歧之際著《勸學篇》，成為當時綜合思想的代表作；庚子拳亂時，力主東南互保，保住長江以南不受戰火的蹂躪；於光緒、慈禧相繼崩殂後安定朝局人心；一生致力於教育改革，廢除科舉，建立教育體系，使他跳出地方首長的範圍，成為清末舉足輕重的重要人物。

由這些顯赫的政績，我們更可肯定張之洞在政治生涯上多屬順境，絕非一句「巧宦熱中」所能解釋，而是其中羼入他一生清廉及辛勤努力的結晶。

# 三、欠缺專業知識的建設者

張之洞一生努力建設，推行新政，但他畢竟是僅接受中國傳統經、史、子、集教育長大的知識分子。在四十五歲未到山西以前，對西方近代化的科技幾乎毫無所知，幾年之後，卻成為推行中國近代化的重要執行者，所以他本人對各種專業知識相當缺乏，再加上個性古怪不易接受專家意見，而且當時中國具有近代化專業知識的人也實在不多，以及傳統大中國主義的心理下，使他所實行的各項建設常是錯誤百出，浪費許多人力、物力、金錢、時間，幾經更改，才在事數倍而功半的結果下完成，且成果也常不盡理想、意外叢生，甚至遺禍無窮，以致他所行各項改革維新的建設措施，常遭人批評為：

好大喜功。

希望以各項建樹表現忠心而獲得寵信，所以各項創建少有收穫。

無數的黃金，無非都像拋擲到虛空之中。（黃濬著《花隨人聖盦摭憶》）

而其中最遭人詬病的，便是漢陽鐵廠及銅元的鑄造。

## 漢陽鐵廠

光緒十五年（一八八九年）八月，張之洞任兩廣總督時，上了一份《籌設煉鐵廠摺》，以無論製造槍炮軍械、輪船炮台、火車電線以及民間日用、農家工具都需要用鐵；且「兩廣地方產鐵素多，而廣東鐵質優良」爲由，建議建造煉鐵廠，原定建於廣州城外的鳳凰岡。但在機器運回之前，張之洞卻因奉旨籌辦盧漢鐵路而調往湖廣。繼任的兩廣總督李瀚章奏陳廣東產鐵不多，不便建煉鐵廠。於是又由張之洞奏報將煉鐵廠移設湖北，就是後來的漢陽鋼鐵廠。

後來有人根據民國三十四年的估計，廣東、廣西二省的鐵礦蘊藏量不多，且煤藏量更是貧乏，來評斷李瀚章是確實瞭解實情，而張之洞所說的僅是一些「臆測」之詞。這種說法未免太抬舉「在兩廣毫無建樹，卻以貪污爲能事」的李瀚章。且張之洞所說也絕非僅是「臆測」而已，他確實知道也看到兩廣有鐵、煤的出產，祇是對鐵、煤的產量、藏量及品質成分如何，沒有詳盡的研究罷了，然而在光緒十五年（一八八九年）有誰知道中國到底有多少礦產的儲藏量呢？

在煉鐵廠移到湖北之後，又因張之洞個人的好大喜功及知識不足，發生了建廠地點及機器選購的兩大錯誤。當時大冶已發現鐵礦，所以有人建議將廠址設於大冶附近，可是張之洞卻說：

大冶路遠，照料不便，若建於漢陽，吾猶及見鐵廠之煙囪也。

就是爲了他要從總督府能見到鐵廠煙囪這種「好大喜功」的心理，廠址終於選在漢陽大別山下，可是當地因土地低濕，建廠時須大量填土後才可興建，這樣不但增加了建廠成本，且漢陽既不產鐵也不產煤，運費也增加了生產成本。這種成本的觀念，張之洞到底瞭解多少？

整個漢陽煉鐵廠最大的錯誤，是在機器的選購，當張之洞決定興建煉鐵廠後，便委託當時駐英公使薛福成在英訂購機器，英廠商提出須先將煤焦及鐵砂的樣品寄到英國化驗，才可依照品質成分決定設計煉鐵用的機器。薛福成把情形告訴張之洞後，張之洞說了一句無知、自大、可笑又可悲的「名言」：

中國之大，何處無佳煤佳鐵？但照英國所有者購辦一份可也。

於是英商便依英國一般所用，設計了兩座「貝色麻」酸性煉鐵爐運到湖北，這種「貝色麻」煉鐵是不能除去鐵礦中的磷質成分，可是大冶的鐵砂含磷量卻較高，如此一來，漢陽鐵廠所產的鐵極易脆裂折斷，再加上成本高，形成嚴重滯銷，到光緒二十四年（一八九八年，開工僅四年）就已虧損了一百餘萬兩。張之洞這時候也慌了手腳，知道這種賠本生意不能再做下去，急欲將這累贅去除。這時盛宣懷正好爲「督辦盧漢鐵路大臣」一職，向張之洞求助（也有人說盛宣懷是因涉及貪污案求助），張之洞便藉此機會將漢陽煉鐵廠這個包袱丟給了盛宣懷。

盛宣懷可說是清末少有的經營長才，漢陽鐵廠在他手裡起死回生，將原有的兩座煉鐵爐拆除，換了兩座適合大冶鐵砂的「西門士馬丁式煉鐵爐」，自此以後，漢陽鐵廠的產品不再存有化煉未盡的磷質，品質純粹，聲譽日起，產品曾遠銷歐美各國，後來擴充爲漢冶萍公司，至今仍爲中國重要的煉鋼廠。

漢陽鐵廠的失敗，張之洞知識的欠缺可說是主要因素，祇是當時整個大環境腐敗無能的情況下，他能在不斷的錯誤中努力向前，將今日仍被視爲重大工程的鋼鐵廠完成，也算難能可貴了。

## 鑄造銅元

從清末宣統年間到民國十年左右，短短十幾年的時間，物價飛漲了十倍以上，其中一個原因是米穀出洋，另一個原因是官方濫鑄銅幣。官方濫鑄銅幣的始作俑者便是張之洞。也就是說，張之洞因缺乏經濟學知識，增加貨幣造成通貨膨脹，使清末民初物價飛漲，影響民生甚巨。

光緒二十八年（一九〇二年），張之洞的幕客陳衍獻議鑄造「當十銅元」，據陳衍的理論是銷毀舊有的制錢，改鑄銅元。銅元的面值等於十制錢，可是事實是銷毀制錢三枚便改鑄銅元一枚，並說這是：

二錢之本可得八錢之利。

當陳衍初提這個獻議，張之洞還未決定是否實行時，便接獲劉坤一病逝，命他速往兩江的諭令。湖廣總督暫由湖北巡撫端方代理，陳衍繼續向端方遊說，終於開始在湖廣試鑄銅元。光緒三十年（一九〇四年）二月當張之洞由北京回到湖廣之後，發現因鑄銅元便得利二百萬銀元，這對平素「好大喜功」、「興作務求宏大」，而財政又十分困難的張之洞來說，眞是天大的好消息，於是加緊鑄造銅元，前後數年之間，便得贏利一千四百萬銀元，並保舉陳衍爲經濟特科的人才。

雖然張之洞將所得的銀元都投入湖廣各項教育文化、工商實業、政治軍事的重大建設之中，可是因他這種方法有利可圖，各省便紛紛效法，一時之間，舊時通行的制錢都變成了銅元，最小的貨幣單位由面值一文的制錢變成面值十文的銅元，如何不使物價在短短十幾年的時間，飛漲十倍。也就是說，張之洞是廣鑄銅元的始作俑者，而廣鑄銅元之後，幣制紊亂、貨幣量增加，引起通貨膨脹，使人民飽受物價上漲之苦。

當初陳衍不明白鑄造「當十銅元」足以造成通貨膨脹、物價上漲，以此作爲開闢利源的奇謀祕計。張之洞亦不知利害，眼見能收取暴利，便欣然接納，不知如此後患無窮，這足以證明張之洞經濟學知識太少，而他幕下的「經濟人才」也實在太不高明。

# 後記

清末漢人名臣首推曾國藩，曾國藩不僅自身修養極受人敬重，而且知人善用，心胸寬大，提攜後進。到了李鴻章，雖然律己方面仍學老師曾國藩，每天必讀《通鑑》，臨帖一百字，生活嚴格遵守規律，甚至散步的距離每天都相同。可是在用人方面，卻沒學他老師以觀察考驗品行、能力爲主，而改爲謾罵挫辱，因此要在李鴻章手下做事，先要能捱得了罵，如此使有志氣、教育程度較高的人才覺得難堪，而無法合作。所以有人說曾國藩手下，多屬君子；李鴻章手下，不免小人。

到了第三代名臣張之洞情況更糟，別說修持律己，根本可說是起居無度，傲慢無禮，成爲清末筆記小說經常描述的「怪老子」：

聽說張之洞性情怪僻，或是整晚不睡，或是幾個月不剃髮；或是半夜命廚師準備食物，稍有不如意便加以鞭打；或是白天坐在內廳宣淫；或是出門謝客，客人穿著整齊出門迎接，他卻偃臥在轎中不起。他生平各種行為很少不乖違荒謬的。

對待後起之士，不但動輒苛責，也缺乏像李鴻章一樣有容人及不計前嫌的雅量。因此有人批評，就因爲張之洞這種傲慢自大的性格，使他既不能在初識袁世凱時將他收爲已用，也無法在袁世凱去位後，翦除袁的黨羽，利用機會扶植人才，刷新朝政。反而讓親貴專權，使滿清失去最後圖存的機會。

## 張袁之爭與袁氏篡清

根據野史相傳，張之洞在光緒二十九年（一九〇三年）由武昌北上入京覲見時，路經保定，當時袁世凱爲直隸總督，由於平素對張之洞的聲望及科名都極爲欽佩，所以特別設盛宴招待，奉爲上賓。雖知道正當北洋名流畢集，袁世凱親自爲張之洞敬酒時，張之洞卻已鼾鼾而睡，使袁世凱大爲難堪，十分惱怒，認爲張之洞是存心輕侮他，從此以後就不願與張之洞相交。

因此有人說，袁世凱既曾欽佩張之洞，如果張之洞能如曾國藩一般有品德而推誠待人，則袁世凱可能會被張之洞的道德學問所鎮懾，或許日後不會起叛清之心。可是張之洞卻一味以袁世凱粗魯不學，不肯輕假辭色，使袁世凱也看輕他，失去籠絡駕馭的機會。

其實這是一個非常理想化的假設，袁世凱爲一代梟雄，機詐陰騭，個性騎牆，就連對愛護提拔他不遺餘力的李鴻章，在甲午戰敗李鴻章失勢後，都不心存感念知遇提拔之恩，立刻倒向當權的翁同龢。還爲了翁同龢要升協辦大學士，遊説李鴻章退休。所以説，想以張之洞的道德學問來感召他，豈不是癡人説夢。

況且製造兩位爲首漢人大臣之間的相互排斥與對立，是清統治者一貫的伎倆；從李鴻章與左宗棠、李鴻章與翁同龢、李鴻章與張之洞，到張之洞與袁世凱等，都同出一轍。當初慈禧召袁世凱與張之洞同入軍機，原因之一就是要以張之洞來牽制袁世凱。所以在此特意安排下，要張袁二人相互推崇合作實在很難。

其次有人批評説，如果張之洞能乘袁世凱去位之後，翦除袁的羽翼，扶植人才，刷新朝政，滿清還有圖存的希望。可是依當時的時機情勢，就算張之洞如曾國藩知人善用，也很難扭轉乾坤。因爲第一，從袁世凱回籍養痾到張之洞去世，相距不過八個月，而袁世凱握兵權已久，門生故吏布滿各地，連清廷都爲此不敢殺他，張之洞又如何能在短時間內翦其羽翼。第二，張之洞當時雖位高爲軍機大臣，但從他所説「今始知軍機大臣之不可爲也」，就知道他是處處掣肘，根本沒有實權，一切大權都掌握在攝政王載灃手裡，載灃不採納張之洞之諫言，才走上親貴用權，加速滅亡的到來。滿清至此已腐敗不堪，不論是誰都難使之起死回生，又何必過度要求這位鞠躬盡瘁、死而後已的怪老子呢！

## 普育英才

張之洞雖因性格怪異，未能知人善用禮賢下士，廣結有識之士，一同爲垂死的清王朝做最後的努力；但他一生重視教育、改革教育的成果卻是有目共睹的。不但在各地廣設各式書院新學堂，同時對改革及廢止科舉、建立學制、派員出洋遊學（尤其主張留日）、譯書、各級學校籌辦也都有很大的貢獻。這些接受新教育新知識的青年，逐漸形成中國改革的力量，所以說他普育英才，對整個中華民族是有著長遠的貢獻。

尤其他在湖北最久，使湖北地區接受新教育已成時尚，加上他提倡文武合一教育，改變了社會重文輕武的觀念，激起知識分子投筆從戎的熱潮，據估計當時湖北各軍事學堂所造就的學生，約四五千人，另外派遣留日學軍事者也有百餘人，這些人多數留在湖北新軍，其中許多人都成爲日後辛亥革命的主要幹部。

除了新軍，湖北各書院學堂中也培育出許多革命的中堅分子，當辛亥武昌起義時，各校學生紛紛響應，直接參加行動，甚至連女學生也有數百人組織女子軍隊，參加革命，對革命成功貢獻至大。其中黃興、宋教仁、曹亞伯、吳祿貞、張振武、朱和中、藍天蔚等革命先烈，更分別爲中國革命史寫下光輝的一頁。

此外，如兩湖書院的夏壽康擔任諮議局副議長，經心書院的左樹瑛與沈明道等人爲諮議員。留日學生湯化龍、張國溶、胡瑞霖、陳登山等人，於辛亥革命成功後，在武昌軍政府、南京政府與北洋政府中均嶄露頭角，對民初政局也發生很大的影響。

張之洞提倡教育是爲了救國，他認爲「夫立國由於人才，人才出於立學」，所以他所到之處，無不提倡教育。他不僅在所轄範圍內興辦教育，而且也幫其他地區的學會團體推廣教育，傳布新知。他提倡留學，以學習他人之長。對阻礙教育發展的頑固勢力，則進行艱苦的勸導工作。祇是他一切努力所開出的花果，卻沒有如他所願去拯救腐敗不堪的滿清王朝，而是推翻滿清建立新中國；但我們仍應肯定張之洞對國民革命的間接影響及助力。

# 附錄——年表

| 年號 | 西元 | 年齡 | 事蹟 |
|---|---|---|---|
| 道光十七年 | 一八三七年 | 一歲 | 八月初三生於貴州興義府。英女王維多利亞即位。 |
| 道光二十年 | 一八四〇年 | 四歲 | 母卒。 |
| 道光二十一年 | 一八四一年 | 五歲 | 中英鴉片戰爭爆發。入塾讀書。 |
| 道光三十年 | 一八五〇年 | 十四歲 | 入南皮縣學。洪秀全金田村起事。 |
| 咸豐二年 | 一八五二年 | 十六歲 | 中順天鄉試第一名舉人。 |
| 咸豐四年 | 一八五四年 | 十八歲 | 娶石夫人。教匪攻興義府。 |
| 咸豐六年 | 一八五六年 | 二十歲 | 考取覺羅官學教習。七月父卒。亞羅號事件。 |

| | | | |
|---|---|---|---|
| 咸豐七年 | 一八五七年 | 二十一歲 | 葬父於南皮。 |
| 咸豐十年 | 一八六〇年 | 二十四歲 | 生子仁權。英法聯軍攻陷北京，清帝北狩熱河。 |
| 同治元年 | 一八六二年 | 二十六歲 | 入京應會試，未取。 |
| 同治二年 | 一八六三年 | 二十七歲 | 中進士。授翰林院編修。 |
| 同治四年 | 一八六五年 | 二十九歲 | 石夫人卒。 |
| 同治六年 | 一八六七年 | 三十一歲 | 任浙江鄉試副考官。任湖北學政。設同文館。東捻平。日本明治天皇即位。 |
| 同治八年 | 一八六九年 | 三十三歲 | 建經心書院。陝回匪平定。日本遣使求好。 |
| 同治九年 | 一八七〇年 | 三十四歲 | 娶唐夫人。普法戰爭爆發。 |
| 同治十年 | 一八七一年 | 三十五歲 | 生子仁頲。 |

| | | | |
|---|---|---|---|
| 同治十一年 | 一八七二年 | 三十六歲 | 唐夫人卒。<br>曾國藩卒。 |
| 同治十二年 | 一八七三年 | 三十七歲 | 任四川鄉試副考官。任四川學政。 |
| 同治十三年 | 一八七四年 | 三十八歲 | 創建尊經書院。 |
| 光緒元年 | 一八七五年 | 三十九歲 | 撰《輶軒語》、《書目答問》。 |
| 光緒二年 | 一八七六年 | 四十歲 | 娶王夫人。 |
| 光緒三年 | 一八七七年 | 四十一歲 | 女仁準生。 |
| 光緒四年 | 一八七八年 | 四十二歲 | 子仁權娶妻劉氏。<br>左宗棠平定新疆。 |
| 光緒五年 | 一八七九年 | 四十三歲 | 王夫人卒。 |
| 光緒七年 | 一八八一年 | 四十五歲 | 孫厚琨生。補授山西巡撫。<br>中俄伊犁條約。慈安崩。 |
| 光緒八年 | 一八八二年 | 四十六歲 | 請李提摩太每月至太原演講。<br>新疆建省。 |
| 光緒九年 | 一八八三年 | 四十七歲 | 創令德書院。孫厚璟生。 |

| | | | |
|---|---|---|---|
| 光緒十年 | 一八八四年 | 四十八歲 | 補授兩廣總督。奏派馮子材參戰。中法戰爭。 |
| 光緒十一年 | 一八八五年 | 四十九歲 | 諒山大捷。子仁侃生。英滅緬甸。中日天津條約。 |
| 光緒十二年 | 一八八六年 | 五十歲 | 設廣雅書局。孫厚琬生。設台灣省。 |
| 光緒十三年 | 一八八七年 | 五十一歲 | 建廣雅書院、電報學堂、水陸師學堂。賜壽。西太后歸政。 |
| 光緒十五年 | 一八八九年 | 五十三歲 | 奏辦盧漢鐵路。調補湖廣總督。德宗大婚。 |
| 光緒十六年 | 一八九〇年 | 五十四歲 | 建兩湖書院。籌設槍炮廠、煉鐵廠。中英藏印條約。 |
| 光緒十七年 | 一八九一年 | 五十五歲 | 設方言商務學堂。子仁權中舉。賞 |

| | | | |
|---|---|---|---|
| | | | 頭品頂戴。 |
| 光緒十八年 | 一八九二年 | 五十六歲 | 西伯利亞鐵道開工。<br>子仁實生。<br>頤和園成。 |
| 光緒十九年 | 一八九三年 | 五十七歲 | 被徐致祥彈劾。設自強學堂。 |
| 光緒二十年 | 一八九四年 | 五十八歲 | 煉鐵廠開爐。增設紡紗廠、開辦繅絲局。<br>署理兩江總督。子仁頲娶吳氏。<br>中日甲午戰爭。孫中山創興中會。<br>俄皇尼古拉第二即位。 |
| 光緒二十一年 | 一八九五年 | 五十九歲 | 籌練自強軍，子仁頲卒。創陸軍、鐵路學堂。<br>馬關條約。 |
| 光緒二十二年 | 一八九六年 | 六十歲 | 回湖廣本任。創武備學堂。<br>孫中山倫敦蒙難。 |

| | | | |
|---|---|---|---|
| 光緒二十三年 | 一八九七年 | 六十一歲 | 籌設農務學堂。盧漢鐵路開造。康有爲上書變法。 |
| 光緒二十四年 | 一八九八年 | 六十二歲 | 撰《勸學篇》。開辦萍鄉煤礦。子仁權賜同進士出身。子仁樂生。戊戌變法。戊戌政變。 |
| 光緒二十五年 | 一八九九年 | 六十三歲 | 籌練新軍。女仁準嫁卞氏。山東義和團興起。美發表中國門戶開放政策。 |
| 光緒二十六年 | 一九〇〇年 | 六十四歲 | 電總署速剿義和團。會劉坤一與駐滬各領事議訂保護長江及蘇杭內地辦法。子仁蠡生。義和團叛起。八國聯軍攻陷津京。兩宮出奔。孫中山惠州起事。 |
| 光緒二十七年 | 一九〇一年 | 六十五歲 | 孫厚琨卒。創湖北官報。李鴻章卒。辛丑條約。慈禧下詔變 |

| | | | |
|---|---|---|---|
| | | | 法。梁啓超創《新民叢報》。 |
| 光緒二十八年 | 一九〇二年 | 六十六歲 | 創湖北省警察制度。設銅幣局。再署兩江。西伯利亞鐵道完成。 |
| 光緒二十九年 | 一九〇三年 | 六十七歲 | 回湖廣本任。入京陛見。孫厚琙生。返南皮。日俄宣戰。設立商部。上海蘇報案發生。 |
| 光緒三十年 | 一九〇四年 | 六十八歲 | 建慈恩學堂於南皮。回任視事。子仁侃娶王氏。日俄開戰。黃興等組華興會。 |
| 光緒三十一年 | 一九〇五年 | 六十九歲 | 盧漢鐵路完工，奏請命名京漢鐵路。督辦粵漢鐵路。子仁侃以一品廕生內用。立太僕公墓神道碑。停止科舉。中國同盟會成立。 |

| | | | |
|---|---|---|---|
| 光緒三十二年 | 一九〇六年 | 七十歲 | 開辦湖北印刷局。設憲兵。賜壽。下詔預備立憲。 |
| 光緒三十三年 | 一九〇七年 | 七十一歲 | 設存古學堂。造省城模範監獄。補授軍機大臣。徐錫麟安徽起事。南滿鐵道株式會社成立。 |
| 光緒三十四年 | 一九〇八年 | 七十二歲 | 於京師設女子師範學堂。光緒崩。慈禧崩。袁世凱開缺回籍。 |
| 宣統元年 | 一九〇九年 | 七十三歲 | 八月二十一日亥時薨。 |

一統天下 **秦始皇**
郭明亮◎著 220元

狡詐權臣 **王莽**
張壽仁◎著 230元

三國梟雄 **曹操**
吳昆財◎著 200元

巾幗雄心 **武則天**
康才媛◎著 260元

四朝宰相 **馮道**
林永欽◎著 240元

功高震主 **岳飛**
楊蓮福◎著 200元

文武兼治 **張居正**
邱仲麟◎著 270元

海上遊龍 **鄭成功**
周宗賢◎著 200元

教主天王 **洪秀全**
藍博堂◎著 240元

功過難斷 **李鴻章**
張家昀◎著 270元

華北霸王 **馮玉祥**
張家昀◎著 280元

舊朝新聲 **張之洞**
張家珍◎著 220元

**12冊特價1999元**（原價2830元）

# 三十功名塵與土
# 一將功成萬骨枯

多少君臣將相，或開創帝業，或權傾朝野，或擁兵率軍，或擘畫改革；在太平與戰亂、興盛與衰亡中創造歷史，忠奸成敗，功過是非，留下不朽的功業和萬世的罵名。他們毀譽參半，褒貶不一，在謳歌讚揚與羞辱唾棄中擺盪，是可敬可愛，也是可憎可厭的爭議人物。

本系列的每本書以兩大部分呈現，第一部分為人物傳記，第二部分為是非爭議之處，針對爭議的主題來論述；因而不僅僅是人物傳記，它也是一部心理分析叢書，巨細靡遺地分析十二位在歷史上備受爭議人物的愛恨情仇及人格上的優缺點，希冀以歷史事實的敘述，加以探討，從中得到啟發。也讓我們逆向思考、反觀過去所讀的歷史，重新定義、評斷這些歷史人物的所作所為。

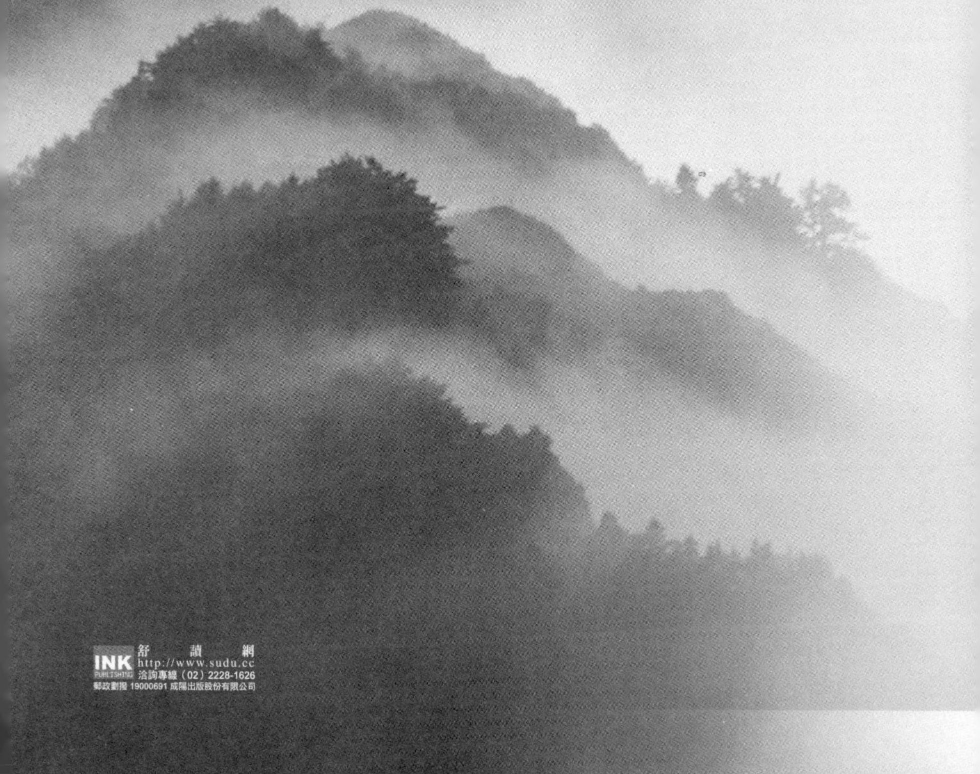

INK PUBLISHING

從前 13

# 舊朝新聲：張之洞

作　　者　張家珍
總 編 輯　初安民
叢書主編　鄭嫦娥
美術設計　莊士展
校　　對　呂佳真　郭湘綺

發 行 人　張書銘
出　　版　INK印刻文學生活雜誌出版有限公司
台北縣中和市中正路800號13樓之3
電話：02-22281626
傳真：02-22281598
e-mail：ink.book@msa.hinet.net
網　　址　舒讀網http：//www.sudu.cc

法律顧問　漢廷法律事務所
劉大正律師
總 代 理　展智文化事業股份有限公司
電話：02-22533362・22535856
傳真：02-22518350
郵政劃撥　19000691　成陽出版股份有限公司
印　　刷　海王印刷事業股份有限公司

出版日期　2009年 2月 初版
ISBN　978-986-6631-53-5

定價　220元

國家圖書館出版品預行編目資料

舊朝新聲：張之洞／張家珍著.
－－初版.－－台北縣中和市：INK印刻文學,
2009.02 面；　公分.--（從前；13）
ISBN 978-986-6631-53-5（平裝）
1.（清）張之洞　2.傳記
782.878　　98000796

INK INK INK INK INK
INK INK INK INK INK INK
INK INK INK INK INK
INK INK INK INK INK INK
INK INK INK INK INK
INK INK INK INK INK INK
INK INK INK INK INK
INK INK INK INK INK INK
INK INK INK INK INK
INK INK INK INK INK INK
INK INK INK INK INK
INK INK INK INK INK INK
INK INK INK INK INK
INK INK INK INK INK INK
INK INK INK INK INK
INK INK INK INK INK INK
INK INK INK INK INK
INK INK INK INK INK INK
INK INK INK INK INK
INK INK INK INK INK INK
INK INK INK INK INK
INK INK INK INK INK INK
INK INK INK INK INK

INK INK INK INK INK INK
NK INK INK INK INK INK I
INK INK INK INK INK INK
NK INK INK INK INK INK I
INK INK INK INK INK INK
NK INK INK INK INK INK I
INK INK INK INK INK INK
NK INK INK INK INK INK I
INK INK INK INK INK INK
NK INK INK INK INK INK I
INK INK INK INK INK INK
NK INK INK INK INK INK I
INK INK INK INK INK INK
NK INK INK INK INK INK I
INK INK INK INK INK INK
NK INK INK INK INK INK I
INK INK INK INK INK INK
NK INK INK INK INK INK I
INK INK INK INK INK INK
NK INK INK INK INK INK I
INK INK INK INK INK INK
NK INK INK INK INK INK I
INK INK INK INK INK INK
NK INK INK INK INK INK I